代做功課

股份
有限公司

宿題ひきうけ株式会社

古田足日——著　嶺月——譯

林宜和——修訂　徐世賢——繪

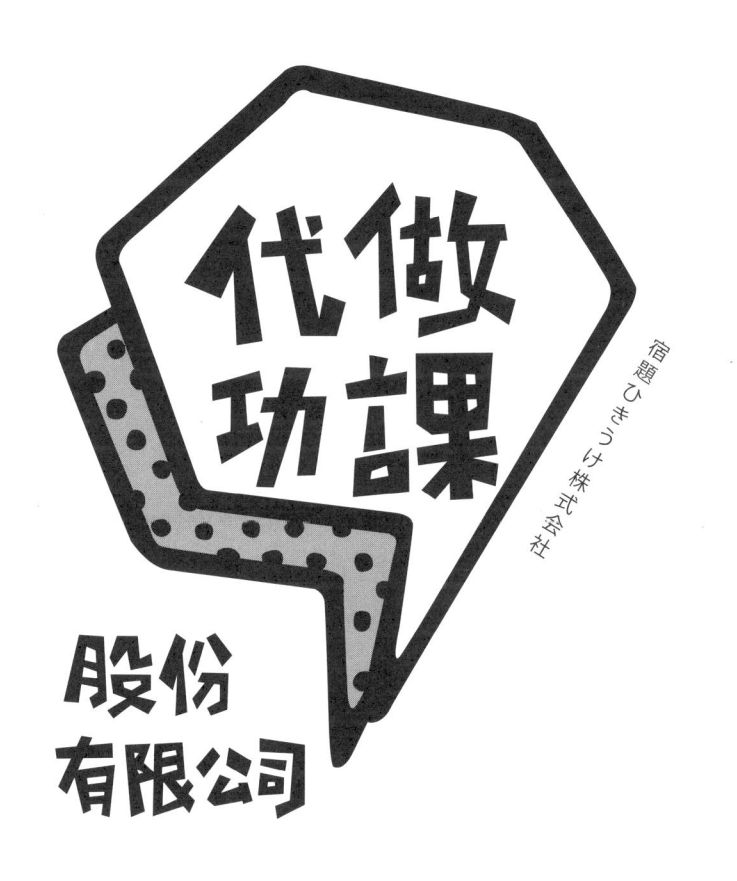

本書於一九六六年在日本發行初版。書中的物價和名稱是當年的用法，與現在已經有所不同。又，本書在一九九六年曾由原作者大幅度修改部分內容。

前言

假使你討厭吃紅蘿蔔，卻不能不吃。假使你討厭寫功課，那就得想一想，為什麼世界上會有所謂的功課？然後再思考一下，到底吃紅蘿蔔和寫功課有什麼不同？

目錄

校園故事的金字塔（新版序）／林宜和……7
重生（一九九八年版序）／嶺　月……14
譯者的話／嶺　月……17
前言

第一章　代做功課股份有限公司

1. 大消息，新消息……24
2. 契約金一千萬圓！……32
3. 拉生意……40
4. 誰的話才是絕對正確的……47
5. 四季和課題都不會消失……55
6. 發現格陵蘭……62
7. 只有三郎他們是錯的嗎？……70

8. 我不賠錢！……77
9. 解散典禮……84

第二章　過去・現在・未來

1. 新學年……94
2. 花忍者……102
3. 現在也野蠻……122
4. 美夢破滅……137
5. 過去、現在、未來，並談野蠻……146
6. 三種未來……158
7. 把學校跟家庭都當做地獄……170
8. 扮家家酒的痕跡……175
9. 美枝的發現……188
10. 什麼是野蠻？什麼是未來？……194

第三章　跟著咱們的海盜旗走

1. 校刊編輯部……206
2. 小太保·光平……215
3. 不跟小太保說話……224
4. 驅逐小太保……232
5. 叫優等生道歉……241
6. 天國之門……249
7. 成績單……255
8. 不同類型的用功學生……263
9. 勞工工會……270
10. 未來人的報告……278

新版後記……290

校園故事的金字塔（新版序）

林宜和／文

日本兒童文學大師古田足日（一九二七－二〇一四），以學童和學校生活為題材，寫了許多校園故事。他在一九六六年發表的《代做功課股份有限公司》，曾經獲得「日本兒童文學者協會賞」，是日本校園小說不朽的名著。古田足日成長於二次大戰前夕，當時軍國主義被導入日本的國民教育，令全日本學子飽嚐被洗腦之苦。日本敗戰後，一夕之間改為民主主義的教育，教師的指導內容有一百八十度轉變，又令學子們不知所措。這一個世代成人後面臨日本經濟衝向高峰的階段，社會風氣和價值觀變得現實功利。曲折的成長背景影響古田足日的創作角度，朝向以兒童的眼光對成人社會發出疑問和批判，《代做功課股份有限公司》即為箇中代表。

《代做功課股份有限公司》的故事背景是一九六〇年代，正值日本經濟快速起飛和升學競爭熾烈的階段。東京郊外的「櫻花崗」社區，有一所公立「櫻花小學」，收羅各種家庭的孩子。有的孩子每天上補習班準備考私中，有的孩子卻得照顧弟妹兼送報貼補家用。學校當中有數名五年級的學生，有一天突發奇想，共同創辦一家幫同學代寫功課的「公司」，收取微薄的零用錢當公司收入。起因是他們聽說一名功課不佳的小學校友，因為具有棒球天分，以超高薪應聘為職棒球員。學童們受到刺激，對他們一貫被教導用功讀書就能出人頭地的觀念產生懷疑，想到他們也可以把代做功課當作賺錢的手段。

代做功課公司很快被同學檢舉而受導師訓斥，匆匆解散了。只不過，代做功課事件只是小說的序曲。其後，公司成員們的自主和進取心覺醒了。他們對以考試和升學為目的的學習產生疑問，主動探討社會問題和法律常識，並且積極參加校務。除了發動校內輿論制止霸凌、終止惡行，還向教育委員會（教育局）爭取週末無功課的權利，更打算向文部大臣（教育部長）陳情，要求修改成績單評分法……這些有主見又有行動能力的小學生，合力挖掘周圍種種不公平或不合理的現象，進而設法改善。

本著獨特的書名和充滿挑戰性的內容，《代做功課股份有限公司》問世後即受到眾多矚目，不但經常被討論研究，也暢銷、長銷數十年不衰。表面上看來，這是一部教孩子在呆板的功課之外學習「讀活書」的作品。就如嶺月在「譯者的話」所言：「他們從這一件事（代做功課）得到一個重要啟示，就是過去他們只會讀死書而不會思考問題……如果他們不抄寫那現成的標準答案，自己動腦筋去想，去求取答案，讀書其實是非常有意思的。」不但如此，故事情節的發展，逐漸暴露當時日本社會的不平等和貧富格差現象。譬如電子計算機的發明令打算盤的會計人員失業，直撥電話的發達讓電話接線生遭到免職等等。由於勞資勢力懸殊，員工們只有走上街頭示威或罷工。這些社會現象改變小學生的心態，令他們興起改善學校風氣和爭取自由學習的念頭。看到小說後半，讀者就會發現，古田足日其實是藉著校園故事，闡述他對改革日本社會的信念和熱忱。

對於古田足日的教育觀和文學觀，日本的兒童文學研究者多予讚揚。評論家上野瞭認為，古田足日一貫描寫現實生活當中的兒童，本著智慧和能量開創新世界。這種健康向上的心態，的確是通往成長的正確之路，也符合以培養自立心為目的的日本現代教育思想，令他的作品得到普遍肯定。兒童文學學者神宮輝夫表示，《代做功課股份有限公司》以代做功課賺錢的故事，諷刺成人教導兒童不能唯利是圖，事實上卻以金錢做為衡量物事的標準。古田足日不但關注日本的社會問題，也藉作品呈現兒童世界的多樣化。

古田足日自認，他藉故事裡的學童眼光透視「國王的新衣」，對日本的競爭社會發出疑問，對以升學考試和進一流公司為目的的學校教育提出批判，可以說是理想主義的作品，也符合他出道以來追求寫實兒童文學的創作理念。兒童文學作家濱野京子指出，本書以群像劇的方式書寫，沒有集中視點，或許是作家不願凸顯角色的個性。濱野認為，在呈現深刻的社會問題的同時，還得教故事不失輕鬆有趣，可真是不簡單。《代做功課股份有限公司》實現古田主張「輕和重兩面皆具」的創作觀，也是本書最成功之處。

除了豐富的故事創作之外，在兒童文學理論鑽研有成的古田足日，是引導日本現代兒童文學發展的旗手之一。但是，他冷靜反省自己的功過，並沒有流於自滿。《代做功課股份有限公司》一九六六年的初版曾經引用北海道愛努族的傳說，卻在三十年後遭到讀者抗議，指出其中對愛努族有描述偏差之處。古田足日為此大幅更改故事內容，在一九九六年推出《代做功課股份有限公司》的新版，並且向愛努族人道歉，充分顯示他誠實和謙虛的人格。

進入二十一世紀之後，日本社會已經越過高度成長期，趨向沉穩內斂。校園風氣卻更趨自由開放，校園文學的內容也千變萬化，亦不侷限於陽光、正向的描寫。雖然如此，充滿活力和團隊精神的《代做功課股份有限公司》依然不斷再版，受一代又一代小讀者們青睞，不因時移世異而褪色。顯然，這部闡揚社會改革又不失純真快活的作品，已經成為日本校園文學的經典，陪伴無數小讀者們成長、茁壯。

最後，稍微提及私事。本書譯者即先母嶺月，曾經在一九九七年與原作者古田足日有過短暫的交流。當時家母抱病補譯新版篇章，為此向古田先生致函請求授權，並詳述自己如何在訪日時偶然發現原著，愛不釋手，終究翻譯介紹給台灣讀者的原委。家母很快獲得古田先生溫馨肯定的回函，對病中的她是最大的安慰和鼓勵。生命流轉，先母遺下這部她最鍾愛的譯作，於一九九八年辭世。古田足日長年活躍日本兒童文學界，曾於一九九七年至二〇〇一年擔任日本兒童文學者協會會長，並創立「新戰爭兒童文學」委員會。一直到二〇一四年逝世前，他都在為反戰與和平的兒童文學努力。

閱讀《代做功課股份有限公司》，重溫嶺月序文和古田足日的新版後記，不無感慨。謝謝健行文化出版社教本書在台灣備受好評暢銷多年後，重新編訂，讓它以嶄新面貌問世。欣見活潑進取的校園故事繼續流傳，也造福新一代的小讀者們。

（二〇一七年五月）

重生（一九九八年版序）

嶺月／文

感謝又感謝，感謝健行文化出版事業有限公司，讓這一本二十年前的舊譯作，有機會重新整理，以不同的面貌呈現於新、舊讀者朋友面前。

說起來慚愧，二十年前我們的社會還貧窮，書的銷售量有限，一般翻譯作品都未向原著出版社辦理授權就發行，這一本《代做功課股份有限公司》也不例外。不過我們的社會進步以後，大家開始重視著作權問題，新的譯作一定辦理授權，舊的譯作儘管受讀者喜愛，也只好讓它一本接一本的絕版。

這一本《代做功課股份有限公司》已經絕版好多年了，卻做夢也沒想到突然來了個「重生」的機會。因為「台灣省國民學校教師研習會國語課程研究發展小組」有幾位兒童文學和師院教授，竟然念念不忘這一本舊作。在他們編製國小國語實驗材時，有意把這一本書的前段情節——公司成立到解散的過程，以摘錄的方式濃縮為九千字，編進四上的實驗教材裡面。因為這故事很「現代」，描述都市孩子的生活和想法十分逼真。而且能誘發、引導孩子思考，鼓勵孩子勇於發言，勇於表達。這正是我們過去的古板教育所欠缺的。內容的教育意義更不用說，很值得老師、家長和孩子們共同閱讀。

這真是天大的好消息。儘管當時我正躺在病牀上，仍然撐著虛弱的身子，給原作者寫信，先取得編入教材的同意，然後找出版社辦理授權，讓這一本絕版書得以重新出版。

幸運的是一切進行順利，五千本實驗教材已於去年十一月中旬發送到實驗學校。現在這一本新版書也問世，想看全文的小學生和家長、老師，也有書可以看了。

不過我必須說明一件事，那就是新版書的第二章，與舊版書的內容不同。因為原著在日本雖然二十多年來一直暢銷又長銷，但有位學者指出，作者引用的一則童話「報春鳥」，有歧視愛努族文化習俗之嫌，謙虛的作者古田足日先生不但接受，而且馬上修改，以自己創作的故事「花忍者」取代「報春鳥」。為此整本書也不得不改版，重新編印，新版書剛剛於前年發行。這次拙譯要重新發行，當然得根據原著的新版，重新翻譯修改的部分。這工作對病牀上的我來說實在辛苦，但畢竟完成了。

至於二十年前，為什麼我會想到翻譯這本書呢？請看下頁，我當年寫的〈譯者的話〉。我覺得光是提醒孩子讀活書這一點，就很有價值。另外，書中的師生對話，家長們看了也一定會感受到時代已不同，再也不能用過去的老觀念和方法教育孩子了。

但願這一本「重生」的幸運書，能受到讀者朋友的喜愛。謝謝！

（一九九八年二月）

譯者的話

嶺月／文

「如果你是一個不喜歡吃青菜的孩子，你一定知道青菜不能不吃；如果你是一個不喜歡做功課的孩子，你知道為什麼不能不做嗎？你有沒有想過，為什麼世上有這麼討厭的『家庭作業』這一種事？你是不是應該想一想，『青菜』和『功課』有什麼不同呢？」

這幾句話，就是原作者古田足日所寫的簡單序文。

古田先生今年五十二歲。他從日本早稻田大學念外文系的時候，就對兒童文學發生了濃厚的興趣，不斷地創作和研究，使他很快地成為日本兒童文學界非常活躍的名作家兼評論家。

也許是因為他自己小時候生活在戰爭和戰敗後的貧苦環境裡，好幾次為了謀生而不得不輟學，最後連大學都沒辦法念到畢業。現在看到孩子們生活在富裕的社會裡，舒舒服服地有書念而不肯念，覺得太可惜了，所以他就寫了這一本《代做功課股份有限公司》，讓少年朋友們看一看，想一想，想出讀書和吃青菜一樣——雖然不想吃，不喜歡，也不能不吃的道理。

為什麼日本很多孩子不喜歡念書、不喜歡做功課呢？當然，最重要的原因是他們的功課太重了。他們雖然和我們一樣，初中是義務教育，也是免試升學，但是幾所有名的國立教育大學附屬中學和私立中學卻要入學試，而且競爭很劇烈，所以很多家長和老師為了期望孩子們能上這些好學校，而把孩子們逼得很緊。這樣一來，自然而然地，孩子們每天就有做不完的功課了。

這一個故事描寫三個功課相當不錯的孩子，有一天聽到一個小學時代功課很差的棒球選手，在高中畢業以後沒幾年，就應聘為年薪一千萬圓日幣的職業棒球員，頓然覺得辛苦讀書太沒意思了。其中一個忽然靈機一動，想出了一個歪主意——替人家寫家庭作業，豈不是可以賺錢？

於是三個好朋友就組織了所謂「代做功課股份有限公司」做起不正當的「生意」來。當然，這是不應該的。請人家做或幫人家做，都是騙人又騙自己的事，所以沒多久就被同學檢舉，經老師一頓訓斥後就解散了。

不過，他們卻從這一件事得到一個重要啟示，那就是：過去他們只會死讀書而不會思考問題。其實他們所討厭的課本裡面，有很多有趣的問題。而令他們覺得呆板的家庭作業也並不呆板。如果他們不抄寫那現成的標準答案，自己動腦筋去想，去求取答案，讀書其實是非常有意思的。

三個孩子開竅以後，變得很愛念書，也很愛思想。他們還發現除了讀書之外，有許多活動很值得參加。於是他們參加了校刊編輯部，提出成績單的不合理、太保學生的必須驅逐，以及他們需要真正沒有家庭作業的週末等等問題，進一步從實際活動中學到了辨別是非的能力。

而更重要的是，他們認清了每一個人的境遇不同。家境有困難，無力升大學的，可以採取其他的方法，以求達到念大學的目的，不念大學，並不恥辱。同時每一個人的天賦也不同，有人適合念大學，有人不合適，但是，不管念不念大學，每一個人都不能不讀書，不能不隨時吸收新的知識，新的觀念和新的技術。因為近代科技進步太快，不緊跟著學習，不但跟不上時代，連生活都會成問題。本故事裡面的主角之一——家境貧窮的宏仁，雖然決定不念大學，但還是下定決心要一邊工作一邊念夜校充實自己，以便將來以實力表現，爭取和大學畢業生同等的報酬和待遇。讀者朋友們一定贊成他的想法吧。

另外，值得一提的是，這一本書得過「日本兒童文學作家協會獎」。作者對於現代兒童的特質觀察透徹、敏銳，充分道出了新生一代的價值觀和複雜的思想。這一點，也許值得有志從事兒童文學寫作的人參考。

我還是希望家長和老師能和孩子們一起看這一本書。

這一部小說本來連載於東京教育大學附小教師研究會發行的《教育研究》月刊，是為提供教師們探討教育問題而寫的。現在已經成為小學生和關心子女教育的媽媽們喜歡看的書。我們都知道：「要教育孩子，必先了解孩子。」這一本書正可以幫助我們了解，什麼樣的家庭作業才是「活」的，才是孩子們喜歡而且有益的。我們不要死逼孩子讀書，想辦法讓他們先了解不能不讀書的道理才是最重要的，不是嗎？

（一九七九年九月）

第一章　代做功課股份有限公司

1. 大消息，新消息

什麼叫「代做功課股份有限公司」？正像字面，是專門替人家寫「家庭作業」的公司。

例如老師出作業，叫學生畫江戶時代的交通地圖。懶得查資料和畫地圖的孩子，就可以把這個作業交給「代做功課股份有限公司」。到了傍晚，公司的職員就會把畫好的的圖送來。

當媽媽催問：「今天的功課寫完了沒有？」的時候，你就可以搖搖頭，大聲回答說：「今天沒有功課！」然後安安心心地坐下來看電視。

世界上真的有這麼「方便」的公司？

有的，確確實實曾經有過這麼一家公司。它在日本櫻花市櫻花小學（這是個假名。如果我說了真名，被那個學校的老師或家長會的大人物知道了，我會被公司的人臭罵喔！），這家公司是由櫻花小學五年三班的學生所創設的。公司裡的董事長和職員們全都是小學生。

我來訪問一下這家公司的董事長吧。

公司的地址是：櫻花崗社區六棟四〇八號。爬上四樓，就在右邊的一戶。

可是，門口掛的不是公司的招牌，而是那一戶人家戶長的名牌「村山正夫」。

公司董事長說：「要是掛出公司的招牌，被媽媽知道了，不罵死我才怪呢。我們正聚在這兒一起寫功課喔。」

這位董事長是個大眼圓臉的少年，名叫武男，是村山正夫的長子。他的父母都是上班族，所以這位董事長每天上學，脖子上都掛著一把他家大門的鑰匙。

他說：「敝公司雖然是由五年三班的學生所創設，但並不包括全班同學。我們的職員總共才五個人，現在有兩位到圖書館去了，我來替您介紹這三位。」

正低著頭認真寫東西的三位職員中最小的一個，搶著站起來自我介紹說：「我叫村山文雄，是見習生。」

「這是我弟弟，」董事長陪笑說，「敝公司唯一的四年級學生。」

接著，長髮披肩的高個兒女孩笑盈盈站起來，向我點頭。

董事長得意地介紹：「這位是丘美枝，是敝公司最能幹的業務員。」

到各處去拉生意，把代做功課的訂單收到公司裡來，據說是美枝的工作。

美枝一坐下去，旁邊一個比文雄稍大一點兒，看來十分活潑的瘦小男孩兒，馬上站起來：

「我是小雷達，大野三郎。我的消息最靈通，所以大家管我叫『雷達』，我很喜歡這個綽號。我負責收集情報，譬如有三年級生的客戶，我就打聽三年級今天出了什麼作業。我的消息不但快，而且很正確。本公司所以能創設，也是從我的一手消息得到靈感的。」

三郎究竟提供什麼消息？又為什麼因此創設了這家代做功課股份有限公司呢？

＊

這話得回到一個多月前了。有一天放學後，五年三班的明朗跟秋子，到武男家練習「忍術」。據說忍術的練習很辛苦。他們三個人正在練習的是忍術初階當中的一項——憋氣。

武男脹紅了臉，秋子跟明朗看著時鐘的秒針唱數：「四十五秒、四十六秒……五十秒。」

唱到五十五秒，武男開口吐出一大口氣，叫起來說：「真要憋死了。」

「才五十五秒，沒辦法呀！」秋子苦笑。

「對了！先挑戰一分鐘的界線吧。這回換我來。」明朗說。

「等一等，」武男說，「我們一起來。忍者通常是兩個人一起行動喔。一、二、三！」說完，兩人就同時屏住氣。

秋子兩眼直直地盯著時鐘的秒針。

滴答、滴答……

時鐘走動的聲音，秋子聽起來，不知為什麼特別大聲。

——啊，時間在流失啊。秋子忽然這麼覺得。想到寶貴的時間不應該花在這種遊戲上，秋子竟不安起來。她感到對不起媽媽。

秋子的父親早去世了，母親在別人家當女傭，大哥在一家公司上班，二哥住在衣料店當學徒，晚上讀高中補校。

兩個哥哥常鼓勵秋子說：「你的腦袋最好，好好用功，我們兩人苦拚也要讓你念大學，希望你成為日本的居禮夫人。」

上初中二年級的姊姊更體貼地說：「秋子只要用功讀書就好了，廚房裡的工作由我一個人做。」

秋子的學校成績的確很好，五等級評分的成績單只有一個「4」，其他全部是「5」。一星期上兩次的補習班，考試成績也常常勝過六年級學生。可是大哥仍然不放心，一再提醒她：「秋子，你將來要上東京大學，不更用功一點不行喔。」

所以秋子覺得，和武男他們在這裡玩忍術初階，好像對不起關心她的家人。

她想：「要是學校圖書館有足夠的書，我就不會跑到這兒來玩遊戲浪費時間了。」

秋子腦袋裡浮起在學校走廊劈里啪啦追過她們，往前跑去的志明一夥人身影。

今天學校的課題是：查出日本五項重要進、出口貨品，以及進、出口貨品的國家名稱。「這一道題目，課本上只提到一部分，其他的要自己去查。」出課題的石川老師說，「圖書館裡的少年年鑑[1]和學習百科

1 「年鑑」是一年出版一次的刊物，記錄各種範疇的消息和統計數字，並附有解說。

全書可以查到。」

所以下課鈴一響，秋子就和美枝相偕往圖書館去了。

但是，她們在走廊上被志明一夥三個男生趕過了。志明一夥人追過秋子她們，又趕過武男跟明朗他們幾個，搶先跑進圖書館。武男回頭跟秋子她們笑說：「這些傢伙不知道急什麼，圖書館又沒有長腿，不會跑掉的。」

不幸，這可是武男他們的大失誤。圖書館當然不會跑，但書架上的書卻是有限的。管理員告訴後到的武男他們說：「最後一本學習百科全書剛剛被借走了，要等他們還來你們才能借到。」

「競爭，什麼都得爭！」武男嘴裡嘰哩咕嚕埋怨著，臉上表情卻有幾分高興。他回過頭告訴美枝說：「我們告訴老師借不到年鑑，就可以不寫今天的功課了，不是嗎？」

「可是——不寫功課不太好吧。」美枝說，「我想起來了，我姊姊桌上有一本大人看的年鑑。我回去拿，你們在哪兒等我？我拿了就來。」

就這樣，美枝回家去拿年鑑。剩下的三人決定到武男家等。只是，光是等太無聊了，武男他們開始玩起忍術初階的憋氣練習。

「嗚嗚嗚，呼——呀，受不了！」明朗吐出一口大氣，武男馬上也跟著呼氣出來。

「明朗五十六秒，武男五十七秒。」秋子宣布。

「來，再來一次，我要向一分鐘挑戰！」武男興致很高，可是明朗已經倒在地上投降了。

鈴……門鈴響了。

「美枝來了。」武男跑過去開門。可是衝進來的不是美枝，而是氣喘吁吁、說不出話來的小雷達。

「最……最……最新消息，最大消息……最驚人消息……」看他喘成那個樣子，大概是從一樓一口氣直奔到四樓來。

2. 契約金一千萬圓！

「什麼大不了的消息，害你興奮成這個樣子？」

「等一等，等大家到齊了我再宣布！」三郎裝腔作勢，不肯馬上告訴為他開門的武男。其實他心裡急得很，恨不得馬上嚷出來。他看到秋子他們在後面廚房兼餐廳的房間，立刻飛也似地衝過去，上氣不接下氣地高聲喊：「王昭男加入蛇王隊變成職業棒球員，契約金一千萬圓！」[2]

「一千萬圓？」武男、明朗跟秋子瞪圓了眼睛互相看著，半晌說不出話來。

門鈴又響了。美枝跑進來說：「武男你看，我帶年鑑來了。」

「什麼年鑑不年鑑的，」明朗嚷著說，「一千萬，一千萬圓啦！」

美枝莫名其妙地看著大家：「怎麼啦？一個個怪表情。」

「告訴你，王昭男簽了一千萬圓契約金，變成職業棒球員了。」

「真的？是那個王昭男啊？暈倒！」美枝一屁股坐到椅子上，嘆氣說：「欸，我姊姊大學畢業，一個月薪水才兩萬五千圓，太可憐了。」

「就是說嘛，王昭男那個傢伙從念小學的時候就不肯用功讀書，天天打棒球。」秋子也嘆氣。

王昭男是秋子二哥的小學同學。他念小學的時候就很會打棒球，不但當過投手，也常常擊出全壘打。可是他的功課一塌糊塗，常挨老師罵。

王昭男畢業後考進私立八重櫻學園，成了校隊裡的王牌四號球員。好幾次全市和全縣比賽，都因為王昭男打出全壘打而使八重櫻學園得了

2 五十年前，日幣兌台幣匯率大約是九比一，五十年後的今天大約是四比一。但通貨膨脹，當年的日幣一千萬圓，差不多相當於現在的日幣八千萬圓，約值現在的台幣二千萬元。又，日幣使用「圓」，台幣使用「元」字。

冠軍。

王昭男升上高中後，仍然是王牌四號球員，曾經參加兩次全國甲子園[3]爭霸戰。其中一次進入準決賽，在第九局上半場，因為他擊出一支反敗為勝的全壘打，被職業棒球隊的球探看上了。

「喂，武男，我們也來學打棒球賺個一千萬，怎麼樣？」明朗興奮地站起來，使出投球的動作。

「別做白日夢了，又不是人人都能成為身價一千萬的棒球選手，人家王昭男是天才吔！快來寫作業啦！」美枝把那本厚年鑑放桌上，催促大家。

「我真懶得寫作業了。拚命用功讀書的人只能領兩萬五千圓的薪水，玩棒球不念書的人卻可以賺一千萬。讀書太傻了嘛。」秋子幽幽的說。

「可不是？哎，只怪我生錯了年代。要是生在戰國時代[4]，我可以當忍者消滅敵方大將，也可以大賺一把。」武男嘆氣。「還有，如果是戰國時代，就不用寫作業了。」

「算你可憐，反正現在不是戰國時代啦！」班上第三高個兒的美枝俯視著大家說，「你們都不寫作業啊？」

「我們請美枝跟秋子先寫，寫好了借給我們抄。」明朗建議。

「對啊！」武男突然然拍手叫起來說，「有個方法，雖然賺不到一千萬圓，但五百圓是絕對沒問題的。」

「一千萬圓跟五百圓相差多少你知道嗎？」小雷達澆他冷水。

武男瞪著小雷達，一本正經地說：「不想賺，你不要參加嘛。」

小雷達抓抓腦袋，心想：「一千萬圓是一筆巨款，但是五百圓也不小呀。雖然過年的時候，曾經有位喝醉酒的親戚阿伯賞了他一千圓壓歲錢，可是馬上被媽媽拿去了。媽媽說要幫他存起來，等上初中時好買

3 甲子園是全日本高中棒球比賽的場地，在兵庫縣西宮市。

4 指日本的戰國時代，由十五世紀末至十六世紀末，是戰亂頻仍的年代。

皮鞋、鋼筆等等。他從來沒有真正有過五百圓。於是他嘻皮笑臉地說：「對不起，對不起，請讓我參加。我很需要賺些錢存起來，我要買ＭＩ型戰車的模型材料。」

「真有方法能賺錢？不會是夢話吧？」美枝疑惑地看著武男。

「絕對能賺到！」武男很肯定地說，「不信，我馬上賺給你們看。」然後他指著美枝跟秋子說，「趁著你們兩人寫作業的時間，我們可以去同學家兜生意說：『只要你出十圓，我們就替你寫今天的家庭作業。』我相信一會兒就能賺到一百圓喔！」

「那不被老師罵才怪啊。」秋子擔心地說。

「不過，穩賺是沒問題的，用功的人搶著到圖書館借年鑑，恐怕早已寫完作業了。到現在還沒寫作業的人，準是不用功的懶蟲。聽到拿出十圓就有人幫他寫，一定有人會來拜託我們。」美枝說。

「欸，美枝說得有道理！」明朗佩服地點頭：「要是我，就出十圓請人代寫！」

「好哇，只要我們能不讓老師知道，馬上就可以進行啦。」武男很積極。可是美枝又說話了：「不行，不能著急，辦事要民主一點。你應該再聽聽秋子跟三郎的意見。」

「我贊成！不過，我只希望有人幫我寫，可不希望花錢。」三郎說。

「秋子，你呢？」美枝問。

「欸，我嘛——」秋子一時說不出來。她心想，問題並不在怕不怕被老師知道了挨罵。而是自己的良知允許不允許。不過，想到認真讀書的哥哥只能當個衣料店的店員，而不用功讀書的王昭男卻輕而易舉地賺了一千萬圓。還有，那些電視的少女偶像歌手，說不定連學校的課都沒去上呢。

這時，美枝像在鼓勵她說：「咱們班上有錢的惠子跟廣漢家裡請家庭教師，作業都是家庭教師指導他們做的。我們幫人寫作業，就當自己是在做十圓的家庭教師好了。」

「十圓家教，」三郎忽然怪聲怪調說，「輕輕一吹都會飛的家教咧。」

幾個男生都笑翻了。心裡還有點不安的秋子也笑了，而且一笑，心情也輕鬆了。她終於拿定主意說：「好吧，我也加入！」

「欸，那就決定囉！」武男說：「我們正式來計畫一下，」然後看看美枝說：「美枝，妳來當外務員最合適了，一定能拉到很多生意。就拿『十圓家教』的說法去宣傳吧。」

「欸，我也適合跑外務，」三郎說，「我正好騎自行車來。」

最後決定，由功課最好的秋子跟常識最豐富、社會科最拿手的明朗留下來做代寫工作，其他的人都騎車出去，分頭到社區附近兜攬生意去了。

3. 拉生意

武男「嘎」的一聲煞住腳踏車，伸長一條腿支著地，抬頭朝二樓一個窗口大聲叫：「秀雄——」

窗子應聲打開，秀雄探出頭點了一下又縮回去，接著馬上響起來「咚咚」跑下樓梯的聲音。

秀雄穿著拖鞋興奮地衝出來說：「要出去玩嗎？可惜我正忙著。」

「忙什麼？寫習題？」

「不，不是習題……」秀雄的眼睛霎時失去亮光，好像武男把他好不容易暫時忘掉的家庭作業給提了出來。他慢吞吞地說：「晚上才要寫。」說罷又突然活潑起來：「我正在做一架模型戰鬥機，是從這一期的《少年》附錄上取下來的材料。」

「晚上你不想看電視《無敵鐵金剛》嗎？」

「想啊……可是……」

「沒問題！功課我幫你寫。」武男說。

「真的？」秀雄叫起來：「天下真有這麼好的事？拜託你了！」

「工資二十圓。」

「哦，原來是要錢的。」秀雄失望地垂下肩。

「工作當然要有酬勞啊。想想，你在做模型飛機和看電視卡通的時候，有人正在辛辛苦苦幫你寫作業喔。」

「話是沒錯，不過——二十塊錢實在太貴了……」秀雄猶豫地說。

「那麼我可以少算你五圓啦！」武男提議。

秀雄想了一下，突然叫起來：「不行不行，老師認得出字跡，作業怎麼可以請人代寫呢？」

「我只是幫你把答案算出來或找出來，讓你自己抄。這樣好了，你自己來我家抄算你十圓，我幫你送來就是十五圓。不能再便宜了。」

「我到你家抄去！等一等，我去拿錢。」秀雄轉身回屋子裡拿出一枚十圓硬幣，很心疼地遞給武男。

武男笑咪咪地喊聲「再見！」就吹著口哨踩動車子，找第二家客戶敏男去了。武男好開心，心想，看樣子這一行是穩賺的啦。

雖然迎面吹來冷颼颼的寒風——我說漏了，武男他們設立代做功課股份有限公司，是在五年級第三學期冬天的時候[5]——但是武男心情好輕快。自行車逆著風往前行去。

*

就在那時候，美枝正在一條大水溝旁的一排公寓的中庭。

這裡雖然是鋼筋水泥造的三層樓，聽起來很氣派，其實一點都沒有。這棟樓是二次大戰前蓋的，粉刷的牆壁已經斑斑駁駁，到處是裂縫，樓梯的階磴兒也缺了角，破窗上糊的舊報紙在寒風中啪啪作響。樓房四處充斥著尿騷味和霉臭味。

美枝靠在一面曬得到太陽的牆邊，攔住一個男生說：「嗨，宏仁，今天的功課寫完沒有？」

「我才不寫功課呢，我要學珠算去。」宏仁說話像個大人，常常驕傲地說：「我要練成全日本第一的珠算高手。」

他相信：「練成珠算高手，就能得到高薪職業，像秋子的哥哥一樣。」宏仁看到櫻花市珠算比賽冠軍——秋子的大哥找到待遇優厚的職業。他常常對同學說：「秋子的哥哥領的薪水比大學畢業生還多，我將來也能像他一樣。」

小學五年級的宏仁已經對自己未來的職業有目標、有打算了。他希望能和秋子的哥哥一樣，到大和電機公司上班。

他說：「我爸爸在大和電機公司的衛星工廠村上製作所當臨時工，薪水少得可憐。所以我要努力把珠算練好，中學畢業後考進大和電機公

5 日本的學制通常分三個學期。第三學期是由一月開始到三月結束。

司，好賺一大把錢。」

有志氣的宏仁現在就已經在賺錢了。他每天一大早就騎車子出去送報，還對同學們說：「自己的營養午餐費要自己賺，不然就不像個小學五年級生了！」

美枝攔住他的時候，他正急著要跟兩個朋友一道兒去上珠算補習班。其中一個是美枝的同班同學，五年三班的學生。

「我幫你們寫家庭作業，怎麼樣？」

「哦，真的？」宏仁沒有反應，他的朋友卻叫起來。

「一人二十圓！」美枝說。

「什麼？」那個男生很掃興的樣子。可是宏仁卻一本正經地說：「既然收錢，應該是有信用的，我來拜託你吧。每天站在老師面前說忘了寫作業，鞠躬行禮央求老師原諒，也怪沒面子的。」他掏出錢包，取出兩枚十圓硬幣。可是他又突然把硬幣收進去，疑惑地看著美枝說：「誰幫我寫？是妳嗎？如果是妳，對不起啦。」

「你嫌我不夠格？放心好了，不是我寫，是秋子！」美枝望著宏仁手裡那只黑亮的錢包，有點生氣地提高嗓門。

「哦，是秋子，那就沒問題了。如果是四年級的家庭作業，要算多少錢？」

「四年級的？我倒沒想到這個問題。」

「應該便宜一點吧。還有二年級的。」

「噢，你是說你弟弟和妹妹的習題，是不是？」

「是啊，那麼妳把他們一起帶去吧。」宏仁掏出一枚百圓硬幣遞給美枝，然後回頭喊叫了兩聲，馬上有五六個蘿蔔頭牽手走了出來。

宏仁向他們命令：「小鬼們，跟這位姊姊去，她會教你們寫功課。你們得給我好好的寫，等我從補習班回來，我一個個檢查，沒寫好的人看我請他吃拳頭！」

宏仁轉向兩個等在一邊的朋友說：「你們兩個不請她代寫？」

「沒錢嘛。要給二十圓，倒不如挨老師一頓罵還合算些。」

「嘿，誰教你們不去送報！」他得意地回頭向美枝說一聲「拜託你啦」，就跑走了。

美枝嘆口氣，看著五張排在她面前的髒髒的小臉蛋，自言自語說：「這下可好，強迫接受百圓家教！」

沒想到，剛剛在武男家安慰自己說的「就當我們是做十圓家教」一句話竟成了真。

美枝無可奈何地告訴他們說：「回去拿你們的課本和作業簿，我帶你們到櫻花崗社區做功課去。」

「可不可以帶阿政一起去？」穿紅夾克的小女孩兒問。

「阿政是誰？」美枝問。

「是寶寶，我家最小的弟弟。啊，來了，來了！」順著孩子們指的方向，只見一個兩歲左右的小男孩搖搖擺擺走過來。

「噯唷我的天，家教還得兼保母！這下好，等宏仁回來，我一定要叫他多貼一點錢！」美枝心裡大叫。

4. 誰的話才是絕對正確的

換三郎上場了。

三郎第一個去找森雄。森雄家開果菜店，店名叫「八百善」。

「謝謝，白蘿蔔跟紅蘿蔔一共是五十五圓，找您五圓。」森雄對顧客很有禮貌。這一家果菜店由他母親和一個差不多高中生年紀的男店員經營，森雄有空也過來幫忙。

三郎向森雄招招手，把他叫到店外，站在路邊問他：「喂，森雄，你只要付二十圓，我就找人幫你寫作業。」

「你說什麼？」森雄驚呆了，張大的口半天合不上來，緊張萬分地說：「不行啦！萬一被老師發現就慘了。我不想幹壞事。」

「壞事？哪裡壞呀？」三郎反問，但心裡也不安起來。剛剛在武男家大聲嚷嚷王昭男賺一千萬圓契約金的消息時，滿腦子只想賺錢，現在被森雄這麼一提，也覺得這樣的方法不太妥當。

如果森雄再強調幾句，三郎可能就退出「代做功課股份有限公司」了。但是，森雄接下去的話叫他不服氣。森雄說：「不是壞事？那我們問老師去！」

「老師」兩個字讓三郎不服氣。剛剛在武男家，秋子也提過被老師知道了準挨罵！大家為什麼那麼怕老師？三郎反駁森雄：「老師準說這是壞事啦。可是，老師的話也不一定全是對的。要是老師叫你去死，你願意死嗎？」

森雄膽怯地看著三郎說：「那麼你說，誰能決定什麼才是對的呢？」

三郎被這句話塞住嘴了。可是，接著他卻脫口而出：「自己！」

——咦，決定對或錯的是自己嗎？

三郎被自己脫口說出的話嚇一大跳。但是，他卻因此增加了幾分自信。他挺起胸說：「森雄，我問你，王昭男已經加入『蛇王』職業棒球隊，簽了一千萬圓契約金。你認為這是對的嗎？」

森雄嚇了一跳，盯著三郎，吞吞吐吐地回答：「那、那是特別啦！王昭男在甲子園比賽擊出全壘打立大功嘛。」

這時候，剛好有一位太太走進果菜店，朝裡面大聲喊：「我要菠菜和大蔥，還有一公斤橘子……」

「森雄——你幫媽招呼一下。」森雄的母親在屋裡喊，森雄趕忙跑過去。三郎只好放棄拉他的「作業」生意了。

忽然，三郎又想起了什麼，朝著跑向店裡的森雄問：「喂，森雄，你家僱的那個年輕店員呢？」

「自己創業去啦，在燕子丘開了一家新的果菜店。」

小雷達很高興又得到了一個新消息。

「明天見！」三郎踩動自行車，離開了八百善。

他的第二個目標是道子家。道子是他的同班同學，座位在他隔壁，兩人很要好。道子有時會忘記寫功課，所以三郎想，這筆生意一定談得攏。

走到半路，經過一家有小庭院的房子，裡面傳出來喊叫他的聲音：「嗨，三郎！你要上哪兒去？」阿翔從竹籬笆上伸出頭來。

——對了，也可以問問看阿翔！三郎靈機一動。

可惜，阿翔聽完他的話，連連搖頭說：「那怎麼可以呢？功課一定要自己做的！」

三郎笑他：「你的家庭作業都是自己做的嗎？不是常常請爸媽幫忙嗎？你有時候還沒做呢。」

「欸，呃……」阿翔結結巴巴的說，「可是，老師出家庭作業，是為了教我們念書啊。要是像你這樣做，大家都不願意再寫了。我看你還是早早脫離公司吧。我寧可不寫作業，挨老師一頓罵還比較安心啦。」

三郎感到很訝異，因為他知道阿翔嘴裡講的並不是他內心的真話。

——所以說，有點辦法的人不好對付啦。三郎心想。

阿翔的功課並不頂好，名次差不多是中等。三郎盤算，不找功課更差的同學，生意恐怕做不成。可是，他突然想起美枝的話，於是再次慫恿他說：「阿翔你想，廣漢家請家教幫他做功課，不等於拿錢請人家代寫功課嗎？」

阿翔眨巴著眼睛，想不通這種複雜的道理。

這時候，剛好阿翔的哥哥從後院推著自行車出來。這個讀初中三年級的哥哥睨視著三郎，教訓他說：「讀書是為了充實自己，請家教指導讀書，跟不自己動腦筋而盲目抄寫人家的答案，是完全不同的。」他丟下話，跨上車子就要走。

三郎忙追過去問他：「大哥，我有話請教！我想你也已經知道了，王昭男拿一千萬圓契約金加入『蛇王』職棒隊。能請你發表一下感想，好讓我登在學校的校刊嗎？我是校刊的記者。」

雖然是偶而才出刊一次的小學校刊，三郎倒是貨真價實的記者。阿翔的哥哥冷冷地回他說：「那個傢伙有特殊的天分，我們沒辦法跟他比。我們只有努力用功讀書，考進一流的學校，將來才有好出路。除此之外沒別的路。」說完繃著臉，用力往自行車的踏板一蹬，就衝出去了。

三郎目送他的背影消失在轉角，問阿翔說：「你哥哥要到哪兒去？」

「補習班啊，升學補習班。」

「看他情緒這麼壞，到底怎麼啦？」

「嘿，今天特別壞，因為學校的模擬考考了個二十三名。」

「二十三？不錯嘛，全學年多麼多人。」

「三百個人當中的第二十三名，應該是不錯，可是聽說不擠進二十名以內，就沒有辦法考上朝日高中。」

朝日高中是附近幾所高中裡面，考取東京大學的比率最高的名校。

「我哥哥發誓一定要考進一流高中，然後上一流大學，畢業後到一流的大公司做事，就可以住有冷氣的高級洋房。所以他很用功讀書，一天只睡五個鐘頭。」阿翔得意的說。

這個時候，正在武男家寫作業的秋子跟明朗一邊寫一邊談天：「真快，五年級也快結束了。」

「可不是？」明朗說，「結業典禮的時候，妳又可以拿優等獎了。妳從一年級開始，沒有一個學期沒拿？是不是？」

「可是——今年恐怕沒有我的分了。」

「別謙虛了，妳能拿到和我拿不到都是理所當然的。有時候真叫人洩氣，為什麼不多設幾個『遲到獎』啦，『沒寫功課獎』啦什麼的，好讓沒得過獎的人也得個獎過過癮。」

兩人把五大輸出、輸入貨品及國名都查好填在答案卷上了。接下來就是照樣抄寫幾份，事情很簡單。

「學校要是給那種獎，故意遲到或不寫功課的人，一定出現一大堆啦。」秋子笑道。

「問題就在這兒，如果大家統統不用功讀書，我也不會被套上『懶學生』的尊號了。」

「明朗，誰說你是懶學生呢？剛剛你還查到輸出入的曲線圖，修正我的錯誤呢。」

明朗紅著臉很不好意思地說：「我只喜歡社會科。」

「對了，學校為什麼不給『社會科優等獎』呢？」秋子說。

這時候，大門被推開了，武男的弟弟文雄跑進來，興奮地說：「美枝姊姊帶著一大群小孩來了。」

「一大群？」

「對，有四年級的也有二年級的，還有更小更小的。」文雄眨巴著眼睛說，「我在沙坑裡玩，看見她帶一大群孩子往這邊來。你們要做什麼是不是？我也要參加！」

聽了文雄的話，秋子和明朗不禁發愁起來。

5. 四季和課題都不會消失

「小弟別急，等等再說喔……」明朗不知所措說完，門外就傳來嘰嘰喳喳的小孩子嬉鬧聲。

「哎呀好重，阿政下來自己走吧。」是美枝的聲音。門開了，只見美枝牽著一個小男孩。在美枝背後，有五六個小蘿蔔頭探出臉來。

「唷，這是怎麼回事啊？美枝！」秋子嚇一跳。

「你看，我沒說錯吧？所以說，讓我參加嘛！」文雄得意地說，回頭看看同樣四年級的宏仁的弟弟，兩人相視而笑。

文雄向大家說：「不肯讓我參加，我就去告訴爸爸媽媽。」

「喲，還恐嚇人呢。你知道我們要做什麼嗎？」美枝做勢嚇唬他。

「不、不知道啦。不過，我等一下問宏仁就知道了?!」

「我們是來一塊兒寫功課的。你要參加，就快去拿課本吧。」

「啊——寫功課？」

「是啊，如果不喜歡，你就當保母看阿政好了。」

「好啦好啦，寫功課就寫功課嘛。」文雄趕忙回答。

文雄心想，哥哥武男跟三郎也騎車出去了，一定在搞什麼鬼。

*

第二天放學後，美枝、三郎、秋子跟明朗又到武男家聚會。

武男報告：「昨天一天，總共賺了兩百三十三圓。」

「哇，有兩百三十三圓啊！」秋子眼睛發亮。三郎卻有點失望，說：「平均一個人分不到一百塊！」

「怎麼有個三圓的零頭呢？」美枝問。

三郎搔搔頭說：「道子說她湊不到十五圓，我只好便宜她兩圓。」

「三郎就是對道子沒辦法喔！」明朗譏諷他。

「好了，別開玩笑了，大家抬起頭來仔細聽我說明。」武男很神氣地說，「兩百三十三圓裡面有一百圓是宏仁個人出的。另外，英治和春子兩人說沒錢，所以暫時欠債，兩人共欠三十圓。」

「主席，請問三十圓是包括在總收入兩百三十三圓裡面，還是不包括？」

「包括在裡面。」主席回答。

「請列表寫在黑板上好不好？」明朗指著黑板提議。

餐廳裡那塊小黑板是武男的母親記事用的，上面寫著：「三日，買月票」、「欠西藥房一二〇圓」等幾行字。

武男先用小字將它們抄到黑板的邊邊上，再把那幾行字擦掉，在黑板中央列出計算，說：「我收的五十圓和三郎收的八十三圓，是兩人到處去集來的喔。」

「主席，沒收的三十圓是屬於誰收的部分？」

「是三郎啊。」

「能不能在明細表裡面註明？」

武男歪著頭，不知該怎麼寫。秋子站起來走到黑板前面，接過粉筆重新列一張表。武男看了笑著點頭。這張表是：

美枝　一〇〇圓（宏仁付）

武男　五〇圓

三郎　八十三圓（包括三〇圓未收款在內）

合計　二百三十三圓

武男笑咪咪地說：「反正我們是成功了。」

「是啊，成功啦！今天再來吧?!」三郎很興奮。

美枝也說：「我們可以一直做下去。」

「我想我們可以正式開一家公司，就叫『代做功課股份有限公司』怎麼樣？」明朗提議。

「咦，好呀，好呀！我贊成明朗。就叫做『代做功課股份有限公司』！」武男附和。

「我也贊成！」

「贊成——」三郎和美枝都喊。

大夥兒鼓掌通過明朗的提議。

只有秋子不安地說：「有沒有問題啊，開公司？遲早老師一定會知道的……」

「秋子最沒用了，一天到晚老師老師的，那麼怕老師。大家保密老師就不會知道呀。」三郎說。

武男也附和說：「我們公司的生意一定會興隆的。前幾天我看了本書，是寫《少年偵探團》[6]的凱斯都納的書。凱斯都納在書裡說：『就算超音速飛機問世了，四季和家庭作業還是永遠存在。』只要有家庭作

6 一九二八年發表的古典少年偵探故事，是曾獲際安徒生獎作者凱斯都納的代表作。

業存在，我們的公司就不怕沒生意。」

大夥兒興奮地大聲談論著，秋子沒機會插嘴。本來她想告訴大家：「絕對沒辦法保密的。我們到處走，到處問朋友要不要付錢請人代寫作業，總有一天，一定有人會跑去告訴老師。可是，如果要保密，又會找不到客人。」沒有人在乎秋子的顧慮，大家七嘴八舌，越談越熱絡了。

「我們推武男當董事長，因為這個點子是武男想到的。」

「我們每個人各把一冊參考書放到這兒來。」

「贊成！」

「公司就設在武男家吧！」

談到這兒，都很順利。只是，當明朗問：「薪水怎麼定呢？」大家卻愣住了。

「大家都一樣。」武男說，「賺的錢五個人平分吧。」

「不公平，」三郎噘起嘴說，「多拉生意的人，應該多分一些啊。」然後轉向黑板，故意盯著「三郎八十三圓、武男五十圓」那行字。

明朗瞪圓眼睛說：「喂喂，那我跟秋子要怎麼分啊？」

「跟你們兩位沒關係。問題是我們三個外務員該怎麼分？」三郎說。

「喲，三郎，」美枝說，「要是武男也計較起房租來，那該怎麼算呢？」

「啊，呃……」三郎答不出口了。武男本來正要說：「不服氣，大家就拆夥嘛！」幸好住了嘴。

「來，大家為新公司成立乾杯！」武男大聲說。這時，弟弟文雄跑進來嚷著說：「哥哥，我也要參加。」

「你也要？」武男皺眉。

美枝笑著說：「昨天小弟還幫我照顧阿政呢，是個好幫手，我們就讓他當見習生好了。」

「好吧，見習生！」武男說，「去拿乾杯用的開水來。」

「不，我們喝果汁。」文雄打開櫥櫃，把一大罐果汁粉抱出來了。

6. 發現格陵蘭

「代做功課股份有限公司」辦得很順利，主要的原因是明朗主張應該採納秋子的意見：「為了保密，不要太囂張。」他們拉生意很謹慎，還定了個原則：暫時只接受第一天上門的客戶的訂單。並且對他們的客戶要脅說：「決不能告訴任何人，洩漏了祕密，被老師或家長知道了，受懲罰的不只是我們，你也會挨罵的！」

這個辦法很管用，大家互相守住了祕密。

這家以賺錢為目的公司成立以後，出現兩件他們沒料到的事情。第一是宏仁那幾個弟妹，每星期一兩次，到武男家請秋子教他們認字、讀書。

「唉呀，念書好討厭啊！」這幾個小蘿蔔頭一邊抱怨，卻也開始學習了。

另外一個奇妙的現象是，秋子跟明朗變得比以前更認真讀書，因為拿了人家的錢，不能給錯誤的答案。他們說：「答案錯誤，會影響公司的信譽。」

星期天早上，明朗坐在自己的書桌前面。要不是武男不在家，這個時候，他一定在武男家。今天武男一家四口到親戚家玩兒去了。

今天明朗要做的作業仍然是國家的輸入問題。他是社會科的能手，所以公司接來的社會科作業，全部由他一個人負責。這次老師出的問題是：「日本從哪幾個國家進口石油，依次寫出前三位國名。」

明朗心想：第一位當然是美國。

可是為了慎重起見，他翻開了課本：「咦，不是美國，是科威特！」在圓形圖表裡面，科威特佔了將近一半。原來一九六一年，日本進口石油的百分之四十二點三，是從科威特來的。

「科威特在哪兒？」明朗自言自語說著，翻出亞洲地圖。他記得好像在伊拉克附近，果然在長方形的阿拉伯半島右上角找到了。那是個很小很小的國家，被夾在日本的第二石油輸入國沙烏地阿伯跟伊拉克中間，不細心找，還真不容易找出來呢。

明朗自言自語：「哇，這麼小的國家！」他翻出世界地圖那一頁。他想，在這一頁上面，科威特會縮得更小更小，大概只有針尖兒那麼大吧？不過，他所看到的比針尖兒大多了。

他的眼睛慢慢往上移，看到蘇聯及美國兩大片土地，不禁嘆口氣，心想：「這麼大的國土，真教人羨慕！」

明朗看著看著，忽然看出一個疑問：「奇怪，格陵蘭有這麼大？」

在世界地圖右上角的這一座島好像大得沒辦法畫進地圖裡，只畫出它尖尖的末端，如果全部畫出來，恐怕要比整個南美洲還要大吧？土地這麼大的島，勢力應該更強，更有名才對啊……

明朗拿地圖去找坐在暖爐旁看電視的爸爸。「爸爸——」明朗指著地圖說出他的疑問。

爸爸告訴他：「格陵蘭啊，應該是丹麥領地，島上幾乎都是冰喔。怎麼會比南美洲還大？恐怕沒有南美洲的一半或三分之一呢。」

爸爸有點不耐的說明：地球是球形的，靠近北極和南極的兩端就變小。可是地圖是平面的。把球面攤開成平面，自然把南北兩極的部分撐大了。所以位於北極附近的格陵蘭會畫成這麼大。

明朗似懂非懂。爸爸看著他疑惑的表情說：「明天到學校，找老師借地球儀看一看，你就會明白了。」

可是，明朗沒辦法忍到明天，他急著想要馬上看。

明朗興沖沖拿著地圖跑出去了。他想跑到學校去看，可是跑到半路上，忽然想起今天是星期天，老師不一定在學校，他不敢向不熟悉的值日老師借地球儀看。所以明朗臨時改變主意，決定到社區的圖書館去看。他想，圖書館也應該有地球儀。

沒想到跑向圖書館的半路上，在社區的商店街，明朗就被路邊一家大文具店的櫥窗吸引住了。

那家店的櫥窗裡，並排著一大一小兩個地球儀。

「天啊！」他興奮地把眼睛貼到櫥窗玻璃上，用手擋住反光仔細看。可惜大的那一個，格陵蘭在背面，小的那一個，從旁邊看不清楚，從上面看又被玻璃擋住。明朗換了好幾個角度都沒辦法看到格陵蘭。

「唉！」明朗嘆氣。

「像隻猴子似的，看什麼呀？」忽然從後面傳來宏仁的聲音。

「看地球儀。有什麼辦法能看得清楚？」

「拿出來看不就得了？」

「問題是拿不出來！」

「我拿給你！」宏仁大搖大擺走進店裡，指著櫥窗向店員說：「麻煩你拿地球儀出來讓我看一下好嗎？」

「你要買嗎？」穿制服的年輕女店員懷疑的問。

明朗感到臉都脹紅了。可是宏仁卻大方地說：「我要看看才能決定。」

店員轉身去拿地球儀，宏仁悄聲跟明朗說：「欺負小孩兒，對大人顧客才不會問那樣無禮的話呢。」

「噓——」明朗趕緊豎起食指。

店員從後屋捧出一大一小裝地球儀的盒子。明朗怯怯地伸出手，輕輕轉了一下小地球儀。第一次找不到，只好再轉第二次。

有了！在地球的上端，完完整整的一座島浮在水藍色的一片大海中間。可是顏色很淡，並不像其他陸地有綠色和茶色，只有邊緣一圈淡綠色，中間和淺海的顏色一樣，是很淡很淡的藍白色。

這就是結冰的意思吧？明朗興奮地注視格陵蘭。

接著，他找出南美洲。一比較，果然格陵蘭比南美洲小，不到南美洲的三分之一大。

過了好一會兒，明朗才依依不捨地不再盯著地球儀看。

宏仁馬上告訴店員說：「好了，謝謝妳，我們回去跟爸爸商量再決定吧。」

走出文具店，宏仁問明朗：「你在地球儀上找了什麼？」

「格陵蘭。」

「格陵蘭？什麼地方？從來沒聽過。」

明朗仔細說明他為了要查出石油產國，無意間發現了格陵蘭的問題。

「原來如此。早知道我也仔細看看地球儀了。」宏仁惋惜的說。

第二天，社會課一開始，宏仁突然舉起手喊：「老師！」

「哦，難得看到你舉手，有什麼問題嗎？」老師驚奇地問。

「我要借地球儀。」

「好啊。可是，你借地球儀做什麼呢？」

「請明朗來說明吧。」

「這個傢伙！」明朗心裡叫著，緊張地站起來說明他的疑問和求證經過。他的話還沒說完，已經有幾個同學翻出世界地圖找格陵蘭了。

「真的啊」、「是真的」，大家嘰嘰喳喳地說。

「那麼，等這堂課上完，宏仁，你就去把地球儀搬來。」老師說。

下課以後，宏仁從辦公室捧出地球儀走進教室，卻發生了意外！

「我先到！」、「我先看！」三郎跟阿翔一齊衝上去，一個抓住地球儀的把柄，一個抱住地球。

這地球儀大概太舊了，只聽「卡」的一聲，地球儀就分了家！抓著一根空把柄的三郎一屁股跌坐在地上。

抱著地球的阿翔也顛了兩步，霎時兩人的臉色都變了。三郎突然往阿翔身上撲過去。

阿翔一驚，就把抱在懷裡的地球儀擲了出去。

「哇——」

不幸，他正好在窗戶旁邊。

地球儀不偏不倚擲中窗玻璃，「啪啦」一聲，玻璃碎了，地球儀從二樓掉到樓下水泥地上。大夥兒圍過去，探頭往下一看：「完了，完了，地球儀碎了！」

7. 只有三郎他們是錯的嗎？

「該死，該死，一定挨罵！」

「賠償，賠償，買一個來賠給學校！」

「不是我，不是我，是三郎跟阿翔兩人搶壞的。」

由二樓窗口往下看，全班同學你一句我一句的吵成一團。

「雷達，阿翔，我們下去撿。」宏仁一邊喊，一邊離開窗口跑出走廊。三郎和阿翔趕緊跟出去。明朗也跟在後面。

武男看他們出去，馬上跳到志明跟前，怒沖沖地脹紅臉問他：「你剛剛說什麼？什麼叫『不是我，不是我』？」

「本來就不是我嘛，難道我說錯了？」志明繃著臉說。

「是說錯了！」武男怒視他，「幸災樂禍，也不看看三郎跟阿翔急成那樣，你就只會顧自己！」

「你管不著！」

「管不著？你有沒有想過別人啊！」

「你才有沒有想過我哪！」志明在三郎和阿翔衝上去搶的當兒，自己也衝上去，只是差了半步，所以怕別人說他。

兩人都脹紅了臉，爭吵聲引來一大群圍觀的同學。

「算了！不要吵了！」班長正彥走過來排解。他想到地球儀砸碎了，同學又要吵架，焦急得說不出話來。

宏仁他們走進來，秋子跟美枝趕快跑過去問他們：「怎麼樣？有沒有辦法黏起來？」

明朗搖頭，「沒辦法，巴拿馬運河的部分不知跳到哪兒去了。」

「讓我們看看沒有巴拿馬運河的地球！」四五個同學向抱著破地球儀的明朗圍過去。

「噯唷——」志明突然哀叫起來。原來武男向明朗跑過去，不小心踩了他一腳。武男還沒來得及道歉，就聽一聲「可惡！」，只見志明揮出閃電般的拳頭，狠狠地打到武男頭上。武男轉過身，揪住志明的胸口，一推，把他按在一張椅子上。

「打架，打架！」、「不要打嘛，不要打嘛！」女生尖叫，班長這邊拉一把，那邊拉一把的勸架。

幸好上課鈴及時響起來，大夥兒乖乖回到自己的座位上，兩個打架的孩子也悻悻然回到自己的座位。

*

級任石川老師走進來，看見大家的表情跟氣氛不大對勁，問大家：「發生了什麼事？」

宏仁抓著腦袋站起來說：「砸破了地球儀。」

「砸破了？那真是不應該，怎麼可以不愛惜公物呢？」老師說著環顧大家又問：「只有這件事？」

沒有人回答。敏感的石川老師馬上知道有問題，於是指名班長說：「正彥，你說！」

正彥站起來，吞吞吐吐地說：「武男跟志明打架。」

一向溫和的老師突然臉一沉，兩隻眼睛從鏡片後面射出光來：「你們再過一個月就要升上六年級了，還摔破東西打架，這麼胡鬧，怎麼能當低年級生的榜樣呢？今天下午第五節的班會時間，大家就以打破地球儀跟打架這兩件事為中心，好好反省檢討這一年。中午吃飯的時間大家先想想。」

不過要在午飯時間好好想一想還真有點困難。因為其他班級的同學都在玩耍，大家怎麼會願意乖乖待在教室呢？大家還沒認真想，不知不覺就來到第五節課。

班會的主席是正彥，副主席是一個女生春枝。主席先報告三郎跟阿翔搶著看地球儀而砸壞的經過，然後問大家：「請發表感想。」

「有，」一個男生站起來說，「不應該搶，應該大家輪流看。」

「老師說得對，大家應該愛惜公物。」一個女生說。

「阿翔，三郎，你們有什麼感想？」主席問。

阿翔站起來低頭對大家說：「都是我不好，請大家原諒。」

這樣的班會太呆板也太形式化了，大家正感到無聊，沒想到老師突然說：「把你們真正想說的話坦白說出來，這樣才叫真正的反省。」

很意外地，三郎突然自動站起來說：「老實說，我只是想早點看到。要是輪流看，得等到天黑啊！」

大家齊聲笑出來。老師嚴肅地說：「三郎，你一點都沒有在反省啊！」

這時宏仁站起來說：「要是學校能多買幾個地球儀，大家就不用搶了。四十六個人只分到一個地球儀，太少了！」

秋子恍然大悟，心想：是啊，要是每一個人都能借到一個，那就不會發生今天的不愉快了。

「請大家安靜，」老師敲敲桌子，等吱吱喳喳議論聲安靜下來才開口說：「宏仁的話也許也道理，但事實上全校只有一個地球儀，這一個地球儀是你們的爸爸媽媽所繳的稅金買來的，能不愛惜嗎？」

「主席！」秋子舉手站起來說：「我們應該去找校長商量。三郎他們雖然不對，可是為了讓這種事不再發生，請學校多買幾個地球儀吧。」

「嘿嘿，買太多放在哪兒呢？學校要被地球儀淹沒了！」不知誰說了這麼一句話，引得全班哈哈笑起來。

「沒地方就蓋個地方放嘛。」

「別說笑話了，學校哪兒來那麼多的錢？」

——錢錢錢，什麼都要錢！秋子聽了，突然傷心起來。

秋子的眼底，浮起媽媽的臉。那是在說錢老是不夠用的臉。

秋子傷心的，不只是沒錢。大家都不聽她的想法，也令她傷心。

秋子沒趣的坐下去，沒想到美枝接著站起來說：「我贊成推派代表去見校長，但不是去請求多買幾個地球儀，而是去道歉。我們不去認罪，會害石川老師被校長罵的。學生把地球儀弄壞，級任老師也有責任對不對？」

大家又笑了。因為大家想像，現在正罵著大家的石川老師，站在校長面前挨罵的情景，太滑稽了。

石川老師也啼笑皆非地抓了抓頭。

「我贊成美枝的提議，」一位女生站起來說：「我們去向校長道歉，校長就不會叫老師去罵了。道完歉，順便向校長報告地球儀好像不夠。我們不需要太多個，只要增加一個就行了。多買一個的錢，學校總會有吧！」

有四五個人拍手，但其他的人都沒表示意見。有人私下偷偷地說：「不要買地球儀，多買幾個足球不是更好？」

主席好像鬆一口氣，對大家說：「贊成推派代表去見校長的舉手。」

「好，過半數！我們決定去見校長。換下一個議題吧。」

石川老師好像也舒一口氣。只見他摘下眼鏡，拿手帕擦著鏡片。大概是覺得美枝也為他著想，有點不好意思吧。

8. 我不賠錢！

下一個議題是是武男跟志明的打架事件。這個事件更麻煩了！

「暴力是絕對不應該的，男生動不動就打架，最討厭了。」芳枝說。

武男站起來，「我不小心踩到志明，他就捶我腦袋，誰甘心嘛。芳枝同學，要是你被人捶得那麼重，你會不會還手？我一點都沒錯！」

「誰叫你一開始就多管閒事？」志明站起來，「你是不小心踩到我，還是故意的，誰又知道呢？」

武男很生氣，「原來如此。是不小心還是故意，你都不會分辨啊？大家都知道地球儀不是你弄壞的，你卻偏偏要大叫『不是我，不是我！』，就怕別人不相信你啊?!」他說完坐下去。

武男心想：「志明急著說：『不是我，是三郎和阿翔打破的！』我為什麼生氣呢？對了，剛才秋子說『三郎他們雖然不對』，也就是說，不只是三郎和阿翔有錯……」武男忽然又站起來說：「他說我多管閒事，我不認為這是閒事。志明不是也衝上去搶地球儀嗎？只是被三郎跟阿翔先搶到，所以他們倒楣。要是被別人先搶到，弄壞的就不是他們兩人了。所以，我認為弄壞地球儀的責任應由全班承擔，不應該只責怪他們兩人。」

「不管你怎麼說，反正弄壞的不是我。你要大家負責，大家就得一起賠錢嗎？我可不賠！」

武男忽然明白，志明是一開始就在擔心賠償的問題。他知道志明的家境和宏仁、秋子一般都很苦……

武男不再說話，志明忽然又大聲起來：「我才不像你們敢賺那種不正當的錢呢。不是我弄壞的，要我分攤賠錢，我媽會生氣的。」

老師說：「賠償的事你們可以放心，老師會去找校長商量。可是，這裡好像不只有一個問題。首先，就像武男說的，弄壞地球儀的事，或許連老師在內，全班都有責任。不過，賺不正當的錢又是怎麼回事呢？」

「主席！」一直閉著嘴在紙上亂畫的太郎突然站起來。太郎是個皮膚很白的大胖子，跟他同樣高但沒他那麼胖的宏仁常取笑他：「營養過剩，好東西吃太多！」

太郎腆出肚子說：「我們班上有嘴巴專會講漂亮話，但私底下幫人家寫家庭作業賺零用錢的人。我們這些老老實實自己寫作業的人，不是太吃虧了?!」

老師的臉色變了。武男脹紅臉站起來說：「他說的就是我。」

老師一步一步走到武男身邊，瞪著他說：「武男，你——！」老師的臉色很難看。

全教室鴉雀無聲，秋子跟明朗緊張得心臟怦怦跳。

武男打破凝重的空氣說：「我就是那個公司的董事長。」

聽到「董事長」三個字，有個同學嗤嗤笑了一聲，但看到沒有人吭聲，縮縮脖子不敢再笑了。

「不過，我不發表公司職員的名單，」武男說，「因為是我發起，邀他們加入的。」

武男憋著嘴，他本來想說：「天天打棒球，不讀書的王昭男進了職業棒球隊，是我們開公司的原因。就像太郎剛才說的，老老實實念書的人吃虧，我們也像在吃虧啊！不念書不是更好嗎？」可是他情緒太激動了，竟說不出話來。

沒想到美枝霍地站起來說：「我也是其中的一個，但是我當自己是在做家庭教師，一次十圓到二十圓的家教。」

「我認為我們小孩子不應該做這種事。」太郎說。

秋子偷偷瞄了明朗跟三郎一眼，心裡不斷問著自己：「我是不是也應該站起來自白？」

三郎跟明朗都低著頭，好像不打算自白，秋子失去勇氣，也低下了頭。

「美枝說的沒錯，」宏仁站起來，「武男他們教我弟弟、妹妹和我們那棟公寓很多的小孩兒寫家庭作業，幫了我很大的忙。我的份他們也幫我寫呢。」

「請人家幫你寫，你就永遠不會，你知道不知道？」老師訓斥他。

「不會有什麼關係？我們住的那棟公寓裡面的人，誰知道科威特在哪兒？日本的石油是從哪兒買來的？可是大家的生活都過得好好兒的。所以我認為與其念書，不如把珠算練好比較重要！」

宏仁剛說完，下課鈴就響了。

老師說：「武男跟美枝留下來。主席請把今天的會議紀錄整理好，明天早上跟大家報告。老師回去後要好好想一想，希望大家回去後也多想想這件事。」

*

武男終於回家了。老師告訴武男不會通知家長，讓他鬆一口氣。但是老師叫他一定要把公司解散，還警告說：「如果不解散，老師有別的辦法！」

回家的路上，美枝說：「午休時間我看到志明跟太郎在說我們的事。他們倆個很要好，一定是事先串通好要告發我們的。」美枝倒是看得開，好像並不覺得太難過。

*

跟美枝分手後，武男回到家門口，弟弟文雄就跳出來說：「哥哥你看，我做的三角旗。」他得意洋洋地攤開一面畫著骷髏頭的海盜旗，說：「當我們『代做功課股份有限公司』的旗子好不好？」

「笨蛋！」武男忍不住吼了他一聲，然後衝進屋裡，把書包一摔，投身倒在榻榻米上。

窗外天空被紅紅的夕陽染得好美，可是武男卻傷心起來。接下去，要怎麼辦啊……

9. 解散典禮

「代做功課股份有限公司」終於解散了。

「雖然很可惜，也捨不得，但沒有辦法！」武男在解散典禮上說。既然要解散，就拿賺得的錢買些好吃的點心，大家痛痛快快地吃一頓，所以召開了這麼一場解散典禮。參加典禮的，除了公司職員外，唯一的貴賓就是付錢最多的大客戶——宏仁先生。

「我認為我們開這樣的公司不能算是好事，但是被強迫解散，卻是唯一的遺憾。」武男董事長致詞。

致詞完畢，大夥兒站起來，低聲齊唱告別的驪歌。唱完歌，董事長拿刀子切開漂亮的大蛋糕。

牆壁上，文雄畫的那面骷髏頭的海盜旗還張貼著。

美枝邊吃著蛋糕邊說：「剛剛武男說，我們所做的不是什麼好事，可是，校長答應買新的地球儀，不能不說是好事啊。」

宏仁也說：「還有，我在班會也說了，每天教我弟弟妹妹讀書，也是好事呀。」

「宏仁的話有幾分道理，」明朗說，「可是美枝說的地球儀，跟我們公司扯上什麼關係呢？」

「要不是為了給人寫正確的答案，你也不會去翻看地圖，也不會發現格陵蘭土地的大小問題，那就不會發生砸破地球儀的事件。還有，要不是秋子聲明願意放棄優等獎，恐怕地球儀也買不成。啊，不，秋子說的話跟公司沒關係吧?!」美枝一口氣說了一大堆話，雖然自己也搞不清楚了，還是把話說完：「總之，要不是有宏仁和我們公司的人，就買不成地球儀啦！」

＊

班會決議向校長請求買新的地球儀。第二天，由五位班級代表一起去見校長。

但是，在選出五位代表時，也發生了點小問題。當主席的正彥跟副主席春枝兩人當然被選上了，還有兩位是會議時就這個問題發言的宏仁跟秋子。最後一位——美枝，贊成的人就少了。因為她是「代做功課股份有限公司」的一員，而且被老師留下來談話，顯然不太適合當代表。

宏仁看到大家不吭聲，站起來說：「有反對意見的人請說啊！如果美枝不能去，我也不去。」

「我也是！」秋子附和。大家只好齊聲說贊成。

五位代表外，還有兩位闖禍去道歉的三郎跟阿翔。一群人浩浩蕩蕩，由石川老師領著他們去見校長。

三郎跟阿翔先向校長行禮，認錯道歉，再由正彥代表大家，請求校長購買新的地球儀。

校長笑嘻嘻地說：「當然，因為地球儀只有一個，所以大家才搶，這道理我當然明白。不過學校有更需要的東西，首先就是游泳池。我正為了想造游泳池而四處張羅經費呢。買地球儀的事，等我跟老師們商量商量再說吧。」

「謝謝校長！」正彥很有禮貌地立正行禮。可是秋子心裡很著急，因為校長的話並不肯定。於是，她開口問校長：「校長，如果學校沒錢——」她頓了一頓，臉都紅了：「我想，是不是可以拿買優等獎獎品的錢去買地球儀？」秋子很勇敢地說完昨天想了一整夜的話。

「哦？」校長嚇一跳，看著秋子，好像很感意外。

宏仁馬上幫腔說：「是啊，校長，秋子說的對！我打從生下來到現在還沒得過一次優等獎。能得優等獎的就只有幾個人，還不如買地球儀，全校學生都可以用！」

「是這樣啊。可是優等獎對大家有鼓勵作用，你們不覺得嗎？」校長說。

「不，沒什麼鼓勵，能得獎的永遠是那幾個人啊。」大家七嘴八舌地說。

「好，好，你們那麼迫切地想要地球儀，我就答應你們。」校長笑著說，「不過，以後得……」校長的話沒說完，美枝就大聲接下去：「好好愛惜！」

*

就這樣，「地球儀事件」有了圓滿的結果。美枝說得沒錯，要是沒有「代做功課股份有限公司」的成員，就不會這樣的結果。是明朗先發現地球儀的奧妙，再由三郎闖禍打破地球儀，最後經秋子努力爭取，終於得到新的地球儀。

武男攤開記事本，問大家：「要不要把這些事統統歸到公司的行事紀錄上？不過，好像有點奇怪……」他把公司做過的事都記在一本筆記簿上。

「這不算公司的業務。」明朗看著牆上的海盜旗說，「不過，我們

連旗子都有了，乾脆做一家那樣的公司如何？」

「那樣的公司，能賺錢嗎？」武男問。

「到底要做什麼業務啊？」三郎也問。

武男和三郎把明朗給問住了。他搔搔頭，想不出什麼名堂來。像地球儀事件，可是一點都不賺錢的。

「明朗想說的是，以後要是發生什麼事件，我們大家再一起合作。對不對？」美枝說。

「嗯，美枝說的沒錯啦！」明朗趕緊附和。

「好，贊成！」大夥兒拍手。

宏仁說：「下次有機會，也讓我參加一份喔。」

秋子看解散典禮快要結束了，開口說：「武男、美枝，我很抱歉。上次開班會的時候，我沒有勇氣站起來承認自己也是公司的一員，我覺得很慚愧……」

「我也是。」

「我也是。」明朗跟三郎也紅了臉。

「算了算了，兩個人挨罵總比五個人統統被罵划算，對不對？」美枝說。

「是啊，以後有什麼事，我們也不需要全部出面呀。」武男也說。

散會後，大家都回去了，空空的屋子裡只剩下武男跟文雄兄弟兩個。武男心裡覺得好像有什麼忘了說，一直努力回想剛剛大家說的話。

他想：「代做功課股份有限公司的工作雖然不是好事，可是，他們為什麼一直做下去呢？」

在武男心裡，有一個聲音告訴他，這工作是需要的，所以他們才會做下去。

「要是大家都確實做好份內的事，我們也不會想到成立代做功課股份有限公司啊。」武男在心裡嘀咕，忽然想到，這就是剛才他忘了說的話。可是，大家都確實做好份內的事，又是什麼樣兒呢？

第二章　過去・現在・未來

1. 新學年

四月，櫻花小學正如它的校名一樣，全校開滿了櫻花，運動場四周跟校舍之間，全是粉紅色的櫻花。

美枝一年級的時候，以為學校種滿櫻花，所以學校取名為櫻花小學。到了四年級，才逐漸明白，是先有校名後有花的。學校配合校名種滿了櫻花。幾片粉紅色的花瓣隨著微風飄進六年三班的教室。

石川老師正嚴肅地對大家說：「從今天起，你們就是六年級生了，過了這一年，你們就要上初中。」

美枝心裡覺得好笑，「當然啦，誰不知道過了這一年就要上初中？」

她偷眼看大家，三郎正襟危坐，認真聽著老師的訓話；坐在靠窗座位的宏仁正輕輕吹著掉在桌面上的花瓣。

看不見武男、秋子跟明朗的臉，美枝心裡感到寂寞。升上六年級以後，學校重新編班。五年級時一起開「代做功課股份有限公司」的五個人當中，仍然留在三班的只有她跟三郎。其他三個人都編入一班了。

石川老師繼續說：「要上私立中學的人要認真準備升學考試，要上公立初中的人雖然免試，但這一年不好好用功打好基礎，將來就考不上高中了。等上了初三以後，再熬夜苦拚也是來不及的。所以，現在不用功，以後上不了高中，將來會後悔一輩子。」

「欸，有道理。」三郎贊成老師的看法，心想，「免得像阿翔的哥哥那麼慘。」阿翔的哥哥上了初三以後，拚得一天只睡五個小時，但還是沒考上第一志願——朝日高中。

「好吧，立下決心！好好用功！」三郎勉勵自己。

宏仁好像聽不進去，不停發出乾咳的聲音。美枝想起他說的：「我認為練習珠算比讀書更有用。」

老師好像也想起他說的這一句話，轉向他說：「不考高中的人也應該用功讀書。讀書是為了充實自己，不讀書的人自己吃虧。還有，六月初學校要舉辦『學力測驗』，大家給我拿好成績喔！」

宏仁又咳了幾聲，臉色發紅。老師走過去，摸摸他的額頭說：「哎呀，你發燒呢。雖然是開學第一天，有病也可以請假呀。」

宏仁不好意思地看著老師說：「媽媽說我留在家裡會傳染給弟弟妹妹，硬把我趕到學校來。」

全教室笑開了。美枝也笑了，卻忽然想起，宏仁家很窄，一家六口擠在一間六個榻榻米的小房間裡睡覺。

「沒辦法！那你到醫務室裡去領些藥吃，吃過藥在那兒睡一睡好了。」老師說。

「是！」宏仁站起來，走出教室時經過美枝的座位旁邊，竟回頭向她眨眨眼，好像說他這一招很成功，他正想偷賴，不想上課呢。

*

一陣風把粉紅色的櫻花花瓣也吹進了六年一班的教室。教室裡，老師正給學生們做六年級新生的訓話。這位老師姓三宮，是學校新來的老師。

三宮老師說：「我的姓減一劃，有位叫二宮金次郎的，有人知道他的故事嗎？」

「有！」四五個學生舉手，老師指名春枝。

春枝站起來說：「二宮金次郎總是扛著柴，邊走邊看書。」

大家都笑了。

「你聽誰說的？還是從故事書上知道的？」

「聽爸爸說的。我爸爸說他小時候的校門口旁邊，有一尊二宮金次郎的銅像。」

「你們覺得二宮金次郎是個什麼樣的孩子？」老師突然走到秀雄旁邊，指著他說：「你說說看。」

秀雄嚇一跳，吞吞吐吐地說：「我想，那樣會近視的。」

全班學生都笑翻了。

老師也笑起來說：「欸，有幾分道理！不過，最主要的是二宮金次郎太愛讀書了，你們也應該知道吧。你說對不對？」

「哼，所以老師是想叫我們要像金次郎那樣用功，對不對？」武男心裡不服氣，轉過臉看窗外。

沒想到老師的下一句話，卻不是這樣。老師說：「你們知道金次郎為什麼那樣想讀書嗎？原因有二。」

老師說著，在黑板上寫了兩行字：

一、求知欲

二、立身揚名

接著又說：「求知欲就是希望能獲得各種知識。凡是人，誰都有探求知識的欲望。求知欲是從好奇心來的，什麼東西、什麼事情都想看看，想知道，想確認。所以，大家都想探究宇宙和海底，對不對？」

全班鴉雀無聲，大家集中精神聽老師繼續說：「立身揚名的意思是：希望在社會上有地位，在世間出名。當然，也多少會變得有錢。凡是人，誰不希望生活舒適，受人尊重呢？這是我認為想要立身揚名的動機。金太郎出生的時代，農民生活都很貧苦。金次郎只希望將來的生活要過得更好，所以不能不想辦法讀書。沒有學問，沒有知識，是沒辦法出人頭地的。」

老師在黑板上兩行字下面加了註解。

一、求知欲——好奇心。

二、立身揚名——過更好的生活，受人尊重。

老師又說：「不過，我不喜歡二宮金次郎。他不積極想辦法改善周圍過苦日子的農民生活，只消極地窮嚷『要節約！要節約！』，像他這樣的人對社會沒有多大貢獻。」

學生們一陣譁然。老師的話太深奧了。金太郎又是過去的人，跟大家也扯不上關係。

老師說：「從今天開始，我們有一學年相處的時間，我希望你們能多用腦筋，多思考。為什麼非讀書不可？這是我給你們一整年的課題。等要畢業的時候，請你們一個個寫出來。」

「嗄，這是什麼課題？」秋子縮縮脖子，心想：要是我們的「代做功課股份有限公司」還存在，這樣的作業可要怎麼寫呢？

兩三天後的早晨，秋子一邊望著運動場邊盛開的櫻花，一邊慢慢往學校走。這時，武男跟明朗從後頭追上來。

「早安，妳在做什麼？走這麼慢！」明朗問。

秋子笑著說：「學校的櫻花好美唷，從遠處看，很像一片粉紅色的雲海。」

「花兒有什麼好！要是滿樹櫻桃那有多好！這些沒用的花兒只會結

一丁點兒大的小櫻桃，一點也不好吃。」武男抬頭看看樹梢上的花，又說：「如果我是校長，我要把全校的櫻花樹砍掉，改種能吃的水果，像梨子啦、蘋果啦、橘子啦……」

「香蕉啦、鳳梨啦、椰子啦……」明朗幫他念。

秋子看到武男又變開朗了，心裡感到絲絲安慰。因為自從「代做功課股份有限公司」解散以後，武男一直鬱鬱不樂。幸好上了六年級以後，逐漸恢復了他的俏皮和活潑。秋子想，除了放春假休息一陣之外，主要原因是受了新任老師三宮老師的感染。

記得開學第一天回家的路上，明朗抱怨：「好怪的課題啊，還叫我們想一年哪！」

武男卻說：「他給我們出的課題挺有趣啊。我真的要認真想一想，為什麼我們非讀書不可。」

「好極了！」秋子心裡也很高興，她也喜歡上三宮老師的課。

2. 花忍者

很快的一個星期過去。

有一天，外面下著雨。吃過了營養午餐，三宮老師忽然說：「我來念一本書給你們聽。」

「什麼書？不是很有趣，就不想聽喔。」

「書名叫什麼？」

「花忍者。」老師在黑板上寫下《花忍者》書名，接著說：「是我一位朋友寫的。」

「哦，老師有作家朋友啊？」

「那就念吧，快念！」大家坐直身子，老師也就念起來了。

「在茫霧谷裡有個村莊叫忍者村。很久很久以前，統領茫霧谷的，是一座廟，叫做岩石寺。寺裡住著一群在山中修行的僧侶。這種僧侶稱為『山伏』。山伏是苦行僧，所要修練的道行難度相當高，不只要練就一身懸崖峭壁上行走如飛的輕功，還要通靈通神能幫人治病。所謂的忍術、忍法，就是由這些山伏流傳下來的。」

三宮老師念到這兒，教室裡發出有人相信，有人懷疑的不同聲音。

「原來『忍者』的由來是這樣的啊，這倒是第一次聽到。」

「是真實的故事嗎？」

「不要吵了，請老師繼續念。」

老師清清喉嚨，說了下面的故事。

＊

茫霧谷在流過岩石寺門前的茫霧河上游。因為那兒的地勢險惡，流水湍急，所以被選為山伏的修道場。山伏們跟村民熟識以後，有些村民開始向山伏們討教，學習鍛鍊身子的功夫，以及如何集中精神，如何用刀，如何在黑暗中分辨認清對方等等。慢慢的，岩石寺把這些村民調教成真正的山伏，然後送到鄰近各國，去打探各國武士和諸侯的祕密。[7]

後來岩石寺的勢力衰敗，領主換成姓茫霧的家族。茫霧谷的人們仍然在新領主底下繼續做密探工作。到了戰國時代，村民們不只做密探，還會用刀和飛鏢，跟敵人打起仗來。

村民們所以熱中忍術[8]，除了領主的要求之外，最重要的是他們所居住的茫霧谷如同谷名，成年霧茫茫，山高谷深，農作物不容易成長。村民只靠耕種和打柴狩獵，沒辦法過好的生活，所以需要學忍術，賺取一點兒錢貼補家用。這項工作的雇主是諸侯，由他出錢，請領主代為尋找每次工作的適當人選。

話說茫霧谷有個漢子叫阿吉，他家有個天生喜歡花兒的小男孩叫做佐平。這孩子還在襁褓中的時候很愛哭，哄他最有效的方法，就是拿一枝花塞在他手心裡，哭聲馬上就停止了。學步的時候，看到路邊有花兒，他就停腳忘了邁步。到了六歲時，就學會播種子，自己會種花了。

一般孩子都喜歡爬爬山玩玩水。尤其茫霧谷的孩子們長大以後要當忍者，所以從小就玩隱身的遊戲，例如爬到樹上躲在樹葉間，或跳進草叢裡藏起來等等。佐平也跟著玩，但是遊戲當中如果發現美麗的花，他就像著了魔一樣，根本忘了應該去捉人。所以，只要是和佐平一起玩，遊戲就會被搞砸。

更糟糕的是佐平天生笨手笨腳。其他孩子們躲進草叢都動也不動，他躲進草叢，草葉卻搖來搖去，一下子就被人發現，爬樹也常常踩錯細樹枝而重重摔下來。分組玩的時候，誰跟他分在同一組，就一定輸。

玩伴們覺得沒趣，漸漸不再和佐平玩了，最後只剩下清三和藤兒兩

7 鄰近各國是指日本列島上的國。打探祕密，是密偵國力、國情。

8 忍術是日本獨特的密偵術，利用隱身、讀心、速步、跳躍等特技，悄悄行動，偵探出敵情。

人。這兩個跟他比較要好的朋友知道他的怪癖，每次看到他對花兒微笑著發起呆來，他們就自動走開，任他看夠，欣賞夠了，才又走回來跟他一起玩。

茫霧谷的孩子們，從遊戲中自然學習忍術的基礎。例如投擲樹果、草莖，動作和架式都跟投擲飛鏢一樣。在追逐遊戲中，由懸崖往下跳，或在深淵裡游水，都不是單純的鍛鍊身體，而是忍者在工作上必須具備的靈敏輕巧動作。不喜歡這類遊戲的佐平，自然學不到忍術的基礎。

他的父親阿吉每次罵他，他就大聲反駁：「人家不想當忍者嘛。」

「什麼？我們村子的人不當忍者要當什麼？」

「可是人家不喜歡嘛！」

父親跳腳，母親苦勸，但佐平只有一句話：「不要，我不要當忍者！」

十歲是茫霧谷的孩子另一種生活的開始。他們被組織起來，做一些特定的工作。過年時要給家家戶戶掛門飾，還要採集松枝蓋小松屋，並在小松屋裡烤年糕。大夥兒吃完年糕以後，就得點火把小松屋燒掉。春季女孩兒們要在谷中的河灘造爐生火做飯食。農曆七月十五日的祭典和秋末祭拜天狗神[9]要使用的棚屋，也由孩子們合力搭蓋。其他陰曆十月的收穫祭等傳統的習俗活動，也都讓孩子們參與。所以，每個月至少有一次，孩子們有集會共事的機會。

這些團體活動，茫霧谷所有十歲以上的孩子都得參加。所以原本大家只跟鄰居小孩兒玩，生活圈一下子就擴大了。在新年搭建小松屋的時候，佐平認識了長他一歲的幸作。幸作看到佐平採來許多野花兒給小松屋裝飾裝飾，說：「噢，哪兒找來這麼多，你喜歡花兒是不是？」

從那天以後，笨手笨腳的佐平每次出糗，或遭較大孩子的欺負，幸作都會庇護他。

9 天狗是一種想像的妖怪。人形，背上有兩翼，臉紅鼻高。

茫霧谷的男孩子正式學習忍術，也是從十歲開始。孩子們在小屋過夜時，老人會來傳授他們忍術的初步動作。例如在黑暗中，視線由下而上慢慢移動，就能看到物影；走路要怎麼走才能比別人快速三倍；如何利用蛇或老鼠引開對方的注意力，並趁機把自己藏起來。這些方法，都是實地教學，現場表演。

像這樣隱祕行動的演練，每個孩子都又害怕又感興趣。練習到走路不發出聲響時，都感覺自己快要變成大人，而充分享受到成長的喜悅。然而，佐平卻怎麼也提不起精神。他唯一的興趣是種花，一心想著如何讓所栽種的花，開出更大、更美麗的花朵。

忍術的課程雖不喜歡，但還能忍受，讓佐平感到最最吃不消的是「膜拜」。這是茫霧谷特有的行事，孩子們到了十歲，就要開始接受訓練，循著古時候山伏們所走的絕壁上的狹窄山路，到山頂上供奉天狗神的小廟去膜拜。而且要像山伏們那樣，集中精神全力以赴，做別人做不到的事。這是一項苦行。

首先，要淋瀑布——屹立不動站在傾瀉的瀑布下念咒語。冬季水會結冰，不能施行這項訓練。到了春、秋兩季時冰雖然融化了，但瀑布的水冰冷，淋到身上會全身顫抖，牙齒咬得咔噠咔噠響。

孩子們列隊一起上山，但路上要經過幽暗的森林，有時候還要走深谷上的獨木橋。天狗神的小廟前面，是一條可怕的山稜小道，兩邊都是不見底的深谷，一陣風吹過來，整個人就好像要被颳進谷底。佐平不敢走，只好趴下去用爬的。

還有一段岩壁路，上面是絕壁，下面也是絕壁，所以只能橫走，不能直走。整個人要把背部貼在石壁上，兩腳打橫的移步。佐平低頭往下一看，怎麼也走不動了。在很遠很遠的下方，一片墨綠森林中，深淵的水色顯得好青藍，茶色的岩石看起來好小好小……

「佐平，別怕，抓住我的手。」走在前面的幸作伸出手，拉住佐平。緊跟在後面的清三教他：「把頭慢慢抬高。」

就這樣，佐平好不容易才走完這段可怕的路。

第一次到山頂上「膜拜」回來以後，佐平哭了：「為什麼，為什麼非要逼我學那些事？」

「不學，以後就沒飯吃！」村子裡的白鬍爺爺說。

第二次要去膜拜時，佐平大哭大叫：「不要去，我不要去……」幾個年輕體壯的漢子，硬把佐平扛到瀑布前，毫不留情的將他拋入水中。幸作和清三趕忙跳下去把他救起來，佐平差點兒沒被流水沖走。

佐平終於明白，即使不喜歡、不願意，「膜拜」是逃不了的。

這時候，藤兒走過來，摘了一朵黃色的野菊塞到佐平的手心裡。她跟幸作和清三一起安慰佐平說：「放心好了，我們隨時會幫助你。」

以後每次去「膜拜」，這三位朋友都給佐平許多幫助。

茫霧谷的氣候變化無常，有時早上出大太陽，中午就變得霧茫茫，甚至下起雨來。佐平踩到濕漉漉的岩石就滑倒，要抓樹根，有時卻連根拔起。在千鈞一髮的危險中，救他的總是幸作和清三這兩位好朋友。

雖然女孩子也要去「膜拜」，但隊伍是男女分開的，所以藤兒沒有直接幫助過佐平。但有一天，她對佐平說了一句非常有幫助的話，她說：「在去『膜拜』的路上，你可以一路走，一路尋找、欣賞你喜歡的花兒呀。」

過去，佐平怕脫隊，一心一意只忙著趕路，哪有心思注意其他的事？自從藤兒說了那句話以後，他開始注意看路邊，這才發現在濃霧中凝神注視，會意外的看到豔麗的杜鵑花就在眼前，或藍紫色的堇花就在腳邊。

佐平雖然厭惡「膜拜」活動，但不能不去的時候，就想到藤兒那句話，然後鼓勵自己說：「去吧，去發現一些美麗的花兒，回來好告訴藤兒。」

有一天，白鬍爺爺對佐平說：「佐平啊，你要加緊學習忍術，除了團體的膜拜活動之外，平時也要抽時間，自己去試著走走看喲！」

「是！」佐平鞠躬回答。他知道應該這樣鍛鍊自己，但是平日做完該幫忙的家事，他就自然而然的走向花圃，除草、鬆土、抓蟲、施肥……一動手就什麼都忘了。

佐平能夠在艱難的「膜拜」活動訓練中，一次又一次的安然過關，當然得感謝藤兒的鼓勵和幸作、清三的幫助。他常常摘些自己種的花兒去謝他們。

很快的，佐平十五歲了。按照茫霧谷的習俗，男孩子十五歲，女孩子十三歲就要接受成年禮了。慶祝的方式是跳祭神舞。男生戴天狗面具；女生戴白胖福氣臉的面具，叫做「阿龜」面具。跳完舞還要做「過關」的考驗。過了關，男生才能稱為青年，女生才能叫做姑娘。

膽小的佐平怕極了「過關」，因為男孩子要過三關。

第一關是對遠處的標的投射飛鏢，在跳完祭舞次日的白天舉行。第二關是連續跳過五盆竹炭火，在第二天的晚上舉行。

第三關是夜行到山頂上的天狗神廟取回一張面具。這一項要等跳完祭舞那個月的月圓之夜才舉行。雖然膜拜的路練習走過不少次，可是就在十年前，有個孩子從山崖上掉下去摔死了。

佐平哭喪著臉懇求母親說：「媽，我可以不過三關嗎？」

母親不回答，只管掉眼淚。父親阿吉無可奈何地說：「這是規矩啊，一代一代傳下來的老規矩，由不得你嘛。」

沒想到村裡的白鬍爺爺，主動跑到領主面前替佐平求情：「領主大人，佐平那孩子不適合當忍者，可不可以允許他不接受『過三關』的考驗？」

領主拉長臉說：「不能破例！破了例，以後就有越來越多的孩子，不肯接受考驗了。」

幸作、清三和藤兒安慰佐平說：「別怕，我們會想辦法幫助你。」

投射飛鏢時，佐平發現標的上插著紅花。他的注意力馬上被那朵紅花吸引，五個標的中了四個，只有一個沒射中。

要跳竹炭火盆的時候，看到熊熊燃燒的火堆對面，有潔白的花，佐平向著白花跳過去，也過了關。

三個好朋友替佐平高興，但提醒他說：「最後一關到山上取回面具，我們幫不上忙。你得自己加油喔。」

一個月很快就到了，天上的月亮一天比一天圓，要取回面具前一天早上，幸作他們三人聽說佐平自個兒上山去了，以為他一定是想利用白天先去試走一趟。三人決定跟著上山，準備給他加加油打打氣。卻沒想到在半山腰的斜坡上，發現他拔掉矮樹和小竹子，不知埋著什麼。

「咦，你不是來試走晚上要走的路嗎？」

「你到底在幹什麼呀？」

「什麼？種花兒？」

佐平擦著汗，不好意思的笑說：「是在種花兒。我埋了些石蒜的球莖，明年這兒會開出一片花兒。」他一邊埋球莖，一邊嘀咕：「如果能種花賣錢討生活，不知有多好……」

三個朋友我看你，你看我，說不出話來。

那天晚上，佐平從山頂上的小廟回來時，在岩壁上的小路滑了腳，跌進深谷裡當場就死了。他手裡緊握著「花王」的面具，原來他從小廟裡的十多個面具中，刻意挑選了唯一的「花王」。

三宮老師念到這兒停了一下，安靜的教室裡，發出學生們的低嘆聲。老師緊接著繼續念：

第二年，舉辦取回面具活動的日子快到了。幸作、清三和藤兒想到山尖上的小廟去看看，走到半山腰時他們忍不住驚呼。在去年佐平種球根的斜坡上，從森林邊緣一直到谷底的溪岸邊，開滿血紅色的石蒜花兒。整面斜坡一片花海，壯麗極了。

三個人正看得發呆，遠處傳來「佐平——佐平——」的女人哭叫聲。回頭一看，佐平的母親一路喊著，奔進紅色的花海裡。她的丈夫阿吉慌慌張張邁著大步在後面追，白鬍爺爺也緊追著踏進花海裡。

佐平的母親蹲在花叢中放聲大哭：「佐平啊——你想一生種花過日子對不對啊？佐平……」

「伯母，不要難過嘛。」藤兒走過去安慰。

阿吉紅著眼圈兒自言自語說：「原諒我啊，佐平。老爸沒用，不敢違抗傳統規矩……」

白鬍爺爺雙手合十說：「佐平，你已經變成花王了。每年都讓這兒開出一片花海吧！」

幸作他們三人，在佐平母親的哭泣聲中，似乎聽見石蒜花海裡傳來佐平的聲音：「如果能種花賣錢討生活，不知有多好！」

*

「故事講完了！」老師說。

教室裡鴉雀無聲。明朗終於打破沉靜，感嘆：「要當忍者，好辛苦喔。」

於是，東一句西一句的，大家開始說出心中的感想。

「請一個一個站起來發表。」老師請大家安靜。

廣漢第一個站起來說：「佐平死掉，太可憐了。」

「當然可憐啊。」

「他爸爸如果聽他的話就好了。」

「最後，他讓山坡上開出一片花海，真叫人感動。」

志明說：「如果有人逼我做那種『膜拜』和『過三關』，我一定逃出村子，到別的地方去種花討生活。」

「逃哪兒去？那時候恐怕別的村子也有各種磨練和考驗哪。」秀雄說。

「別的村子不會有，因為佐平住的是『忍者村』，才會有那樣的考驗。」

秀雄急忙補充說：「別忘了那是戰國時代，任何村莊都必須防備敵人隨時來攻，年輕人一定要學會使用刀劍等各種武器，磨練是逃不了的。」

芳枝說：「我不清楚『膜拜』和『過三關』的問題，但是在那個時代，想種花賣錢討生活是不可能的，因為沒有人會買呀。」

秋子一直沒有發言，也不想聽別人怎麼說。因為她眼前一直浮現著佐平的身影——一個蹲在斜坡上埋種球莖的少年，他死了，從岩壁上掉下去，死得好慘！

接著，她看到一片石蒜花，那紅色的花海使人感覺有一股陰氣。佐平的父母站在花叢裡，他們失去了兒子，再也見不到他們心愛的寶貝兒子了……

秋子替這對父母傷心，深怕身子一動，一發言，含在眼裡的淚珠，就會一串串掉下來。

武男也沒吭聲。他想起決定成立「代做功課股份有限公司」那一天，他玩著忍術的憋氣功夫，一邊嘆氣說：「噢，為什麼不生在戰國時代呢？當忍者潛入敵陣刺殺敵將，就可以大賺一筆哪！」當然那是說著玩兒的。那時候他想到戰國時代沒有課題，忍者又那麼活躍，好像是自由時代的自由人，心中好羨慕。沒想到聽完《花忍者》的故事，他的背上好像被打一拳。雖然故事不知有幾分真實，但忍者的修行過程艱辛，戰國時代的人民生活困苦是可以確定的。

「太郎，你呢？沒什麼感想嗎？」老師指名營養過剩的的太郎。

太郎慢慢站起來：「我認為那死去的孩子好傻！」

大夥兒奇怪的轉頭注視太郎的臉。

「明明知道為了生活，不能不學鏢術和劍術等武功，也明明知道不能不走險惡的小山路，卻要熱中種花，跟自己過不去嘛！如果想活命，應該在過第三關以前，不要去種花兒，改去練習走山路啊。」

沒人應聲，教室好安靜。秋子忍不住舉起手，不服氣地說：「佐平太可憐了！他雖然只會種花兒，也想活下去呀！」

「對，只會種花的孩子，也有生存的權利！」明朗附和。

「那是現代！」太郎反駁說，「從前的人不是這樣的。」森雄嘆氣說：「幸好我們生在現代。不然什麼『膜拜』、『過關』的，聽了就害怕。」

「對呀，從前的社會好野蠻。」兩三個人附和。

老師問：「那麼現在呢？現在怎樣？」

老師突如其來的問話，使大家愣住了。但只一會兒，就熱熱鬧鬧議論起來。

「現在，不野蠻啊。」

「不，現在還是野蠻！」

「比起從前，現在好多了！」

老師比比手，問大家說：「怎麼樣，就拿這件事當功課，怎麼樣？」

「功課？怎麼做呢？」

「做做調查，比較一下從前和現在啊。還有，順便想一下，什麼叫做野蠻？有沒有人願意接受挑戰做這樣的功課？」

大家又愣住了。

「我願意！」芳枝第一個舉手。

「我也願意！」正彥第二個舉手。武男也搶著喊：「我也要！」

正彥問：「老師，要調查什麼時候的『從前』呢？」

「都可以，很久很久以前，或是不久之前都可以。」老師說，「時間要定在什麼時代都可以，不過要先選定地方。譬如選定了櫻花市，那就去調查這兒的從前和現在有什麼不同。要規模大一點兒，調查整個日本國也可以。還有，順便想像一下『未來』，那就更有趣喲。」

想像未來這句話吸引了秋子，她有點兒想做，但仍然猶豫。這時，剛好聽到明朗說：「武男如果想做，我就跟他一起做。」於是下定決心，要和明朗一起加入武男的研究小組。

3. 現在也野蠻

第二天放學以後，武男、明朗和秋子站在校門邊。這時候校園裡的櫻花已經謝落，滿樹翠綠呈現出另一番美景。

美枝和三郎從教室裡跑出來，原來他們倆當值日生。武男他們站在那兒，等的就是不同班的這兩人。

「宏仁不能來，他今天有珠算補習班的課。」美枝說。

三郎興奮地睜圓眼睛說：「是不是要……『重操舊業』？」

「想到哪兒去啦？我們要調查我們社區的過去。」

「幹什麼呢？」

武男說明，三宮老師講了一個叫做《花忍者》的故事，引起大家討論，而有了『從前的人野蠻』，『現在也野蠻』的爭論。老師就拿這話題當功課，要他們自己去調查、研究，尋求答案。就這樣，他們組成了三人研究小組。」

「我贊成『現在也野蠻』的說法，雖然贊成的人不多。」武男說。

「哦，為什麼你這麼想呢？」

「因為把『從前的人野蠻』這句話說得太隨便了。」

「理由就這麼簡單？」

「我只是這麼覺得，但也說不出所以然來。也就是因為這樣，才要做調查和研究啊。還要順便想一想未來呢！走吧，我們這就去！」

「你說未來，是什麼的未來呢？」

「三宮老師說，能夠順便推測一下，未來會變成什麼樣子，那會更有趣。」

「三宮老師說得好。人類的未來，不但可以到太空旅行，還有機器人幫我們做任何想做的事呢。」三郎興奮地說。

美枝也興奮起來：「我明白了。就當我們是未來人，去調查、比較，看我們的櫻花崗社區，過去和現在有什麼不同。現在開始，就假裝我們坐在時光機，從未來來到了現在的櫻花小學。」

「好主意，贊成！時光機可以隨意進退，也可以退到從前去看櫻花崗。」

「坐好了沒有？未來人！櫻花崗探險要出發囉，Let's go！」

五個人飛奔跑出校門。

兩天以後的下午，五個人站在幹線公路的十字路口邊。這兩天，一夥人把自己當未來人，在櫻花崗四周巡視一番之後，發現跟從前相比，社區變化最多的是這一帶。

「載運大和電機產品的車子最多是不是？」武男說。

卡車、轎車、三輪貨車……各種車輛像水流一樣在幹線公路上飛駛著。卡車呼嘯而過，三輪貨車噠噠遠去。巨形貨櫃車通過時更會捲起一陣旋風，撲得五個孩子睜不開眼睛。

秋子轉過頭看南方。遠處幾座白色的龐大建築物在青藍的天空下巍然矗立著。與幹線公路交叉的那條道路，一直延伸到那幾座大建築物的下面。從那兒開出來的卡車、三輪貨車像玩具車那麼小。可是越近越大，越近越大，來到秋子他們面前，捲起一陣風塵，留下一股臭瓦斯味，呼的一聲就過去了。

三郎看著路口的號誌燈說：「嘿嘿，真有意思！紅燈一亮，車子剎的一聲，全部煞住了。」

「機車騎士像小野兔，夾在老虎般的大車子中間跑，才有意思呢。」美枝說。

秋子默然。她想起在大和電機廠上班的哥哥。她哥哥騎自行車，每天夾在這些飛駛的大車子中間，揮汗踩輪子趕上下班，她覺得哥哥好可憐。不過，聽說大部分員工都騎自行車上下班。所以早晨這一條通往大和電機廠的道路，一定像自行車的河流吧？秋子自個兒想像著。

「簡直沒辦法想像，從前這兒是一片長滿蘆葦的荒野。」明朗說。

「三年級的時候，這兒還沒有那一座加油站。」美枝指著公路對面說，「我記得那兒是一個好大的池塘，池裡開滿美麗的荷花。」

「我們去看看。」

五個孩子相偕穿過馬路，三郎跑得快，已經繞到加油站後面，大聲嚷著：「快來看，還有池塘的遺蹟。」

只見一灘濁濁的泥水，旁邊站著幾棵枯萎的蘆葦。

秋子三年級的時候也到過這兒，因為課本裡有一課「從前的故鄉」，老師特地帶他們到這兒參觀。從那次以後，她沒再來過，因為這兒離市區很遠，有兩三公里路呢。

美枝說的沒錯，那時候這兒是個大池塘。記得她來的時候，翠綠的荷葉鋪滿池面，在微風中輕盪著，真是美極了。

「那個時候也沒有紅綠燈。」三郎說。短短兩年時間交通量大大的增加，大池塘也被填平，蓋起房子。這一切改變，完全是因為那一家大和電機廠的建廠帶來的。

秋子他們那一次來這兒，是來看蘆葦荒野變成水田的事實。江戶時代[10]末期，這裡被開墾為叫做「平兵衛新田」的水田。現在他們看到的是，大部分水田已經被房屋和工廠取代了。他們很清楚地意識到不久的將來，這一帶到大和電機廠之間剩下的水田，也會變成工廠。

「怎麼可以這樣改變呢？」武男喃喃自語般說。

三郎望著油污的黑色水窪說：「從前的荷花池，多美啊！」

「對呀，」明朗附和說，「我們班上的秀雄說，現在當然比從前好，這，可不一定喔。」

武男吞吞口水，腦中浮現出一條連線，由過去到現在又連到未來。他說：「如果說現在比過去好，那麼，未來也應該比現在好才對，不是嗎？」

「應該是這樣吧！」美枝回答。

---

10 江戶時代是指西元一六〇三年至一八六七年的二百六十餘年，由德川將軍一族主政。

三郎歸納他們的話說：「所以，站在未來人的立場來看，我們現在這個時代，也是野蠻的。」

「嗯，說不定，我過去也是和秀雄一樣想法喔。」武男低聲說。

「咦，這是怎麼回事呢？」三郎問。

秋子想到昨天沒想到的問題，心裡想，本來我也跟武男一樣，認為從前比現在野蠻，可是……

「未來」兩字雖然令人感到幾分不安，但畢竟充滿著希望。秋子就是為那希望，才加入這一次探查櫻花崗的小組。

然而，那充滿著希望的「未來」，好像並不一定美。一片碧綠的荷花池，也有可能變成一池臭污泥。

她忽然想到武男曾經說過的一句話：「就是發明超音速飛機，功課還是少不了的。」於是沒頭沒腦冒出一句話：「如果我們是未來人，不知道有沒有考試？」

大家露出莫名其妙的表情。秋子慌忙辯解：「因為我想《花忍者》

故事裡的佐平，不是要接受過關考驗嗎？就像現在的考試一樣。」說到這兒她又想到一件事，說：「想想看，現在也有學生考不上好學校而自殺，不是嗎？」

秋子的腦海裡，已經把《花忍者》故事裡的佐平，轉換成現代少年了。

「是啊！有人一天只睡五個小時，拚呀拚的仍然考不上志願的學校。」三郎嘆氣。

武男說：「人類看起來是進步了，把蘆葦草原變成工廠，還會造人造衛星打到太空裡。可是考試仍然辛苦，荷花池也會變成臭泥池。有些地方是沒有進步的，這一些也可以算『野蠻』吧？」

「你們越說，我越糊塗了，『野蠻』兩字，到底要怎麼解釋呢？」明朗問大家。

「野蠻的意思是……」武男想解釋，但說不出具體的答案。

三郎說：「對了！所謂野蠻，就是電視上看到的，手裡拿弓箭，光著上身在原野裡奔跑或跳舞的那種人，看起來挺滑稽的。」

「可是茫霧谷那些故事裡的人，一點兒也不滑稽啊，我反倒覺得他們挺悲慘的。」武男說。

「我來告訴各位吧。」秋子說，「昨天我特地跑到圖書室去查辭典，野蠻兩字的解釋是……」

「好用功，好厲害喔！」美枝大聲讚歎，秋子笑起來。

「本來嘛，人家曾經是『代做功課股份有限公司』的查資料專員啊。」

秋子不慌不忙，從手提袋裡掏出記事本，清清楚楚念起來：「『野蠻』：一、未開化。二、強橫而不講理。」她說，查了兩三本辭典，意思差不多一樣。

武男想一下說：「這麼說，三郎所說的，是指文化方面還沒開化囉？」

「對呀。不過我覺得電視不應該那樣拍攝，好像有歧視人家的感覺。」秋子說。

「我也有同感。」明朗說，「有沒有開化，要拿什麼做標準？是自認為『開化』的人，自以為是瞧不起別人吧?!」

「有道理。」武男贊同。

秋子說：「我不懂，為什麼森雄他們幾個，會憑《花忍者》的故事，就認為從前是野蠻的。」

「大概是覺得他們『強橫而不講理』吧？」

「那，現在呢？」

「站在未來的立場來看現在，也許『未開化』，但不至於『強橫而不講理』吧？」

「不過，我仍然覺得現在也野蠻。」武男堅持。

明朗打住大家的話說：「秋子查的辭典上面的解釋，是不是沒有把我們現在說的野蠻包括在內？除此之外，是不是還有別的意思呢？」

「對了，今天午休的時候，宏仁跟我說，太郎說得或許沒錯。」美枝說，「宏仁說，明朗主張『熱中於種花的佐平，也有生存的權利』，可是如果換成現在，沒有學校畢業，沒有一技之長，是不能養活自己的。所以太郎說，佐平沒有好好學習鏢術、劍術，沒有努力學習走險惡的小山路，當然會死掉。」

「有一技之長，是什麼意思？」三郎問。

「我也不知道，宏仁說就是技術嘛。例如給人理髮、燙髮啦、開車當司機啦、打字啦……這一類的技術。」

「原來如此。所以，宏仁要學珠算對不對？」明朗覺得宏仁了不起。

武男伸手折斷一根枯萎的蘆葦，嘀咕著說：「在這野蠻的世界，我們不能不學習活下去，宏仁是這個意思吧。」

大夥兒我看你，你看我，似乎感到前途渺茫。

美枝打破沉默說：「往好處想嘛，想想未來好嗎？別忘了我們現在扮演的是未來人，怎麼一點兒也不了解自己所處的環境和時代呢？」

「說的也是。那麼，應該有太空船、有機器人，還有一百層的高樓大廈……」三郎說到一半突然停下來，自我嘲笑說：「這樣的想像每個人都一樣，沒意思！我們能不能想出更有趣的？」

秋子說：「有件事，也許跟未來有關係。《花忍者》故事裡的佐平，不學忍術，就沒辦法生存。可是如果是現在，靠種花、賣花討生活的人多的是，從這一點來看，世界是進步了。為什麼會有這樣的改變呢？」

「我也想探求。可是……老實說吧，」明朗很洩氣地說，「下週開始，我就要上每週四天的補習班，不能跟你們繼續玩探查遊戲了，我老爸說不加緊用功讀書不行。」

「為什麼大家都要上補習班呢？」三郎嘆氣。

「那還用說嗎？考不上好學校，問題是很嚴重的。」

三郎聽美枝這麼說，心裡感到有些慚愧。他想起前些天聽石川老師一番話以後，當場下定決心要努力用功讀書。所以在心裡告訴自己說：

「明朗要去補習，我也得去了……」

秋子也想著補習的事。現在她雖然上著每週兩天的補習班，可是哥哥一再地催促她說：「兩天怎麼夠？換個更多天的班吧！以後要考國立東京大學，不更用功點兒怎麼行？」

哥哥的話跟開學那天三宮老師講的「立身揚名」，一直在秋子的腦子裡打轉。秋子曾經查過辭典，正如老師說的，要有地位，要比別人了不起。秋子想，如果告訴哥哥，要像宏仁那樣去學「一技之長」，哥哥一定會很生氣吧？

大家的心情都沉重起來。武男又開始折枯蘆葦，一邊折一邊恨恨的說：「其實，小孩子應該有遊玩的權利！」

「從前的孩子可以玩嗎？」秋子問他。

「茫霧谷的孩子不是也在玩嗎？」武男把話頂回去。

明朗慢條斯理說：「我問過我爸媽。爸爸說，他們小時候，有一種假叫做『農忙假』。例如插秧啦、割稻啦，農事正忙的時候，學校會放假，讓小學生留在家裡幫忙。平時放學以後，也要幫忙除草、種菜什麼的，好像也沒多少時間可以玩。」

「是嗎？」武男有點後悔自己說的氣話。越想越覺得「過去、現在和未來，以及野蠻」這研究課題，實在不簡單。其他四人也都在心裡這麼想。

三郎想一想說：「有一件事，倒是很清楚。剛剛秋子和武男說的：『現在和過去一樣，有嚴厲的考試是沒變的！』我們即使沒辦法向別人詳細說明，從這一點也可以歸納出一個結論，那就是『從前野蠻，現在也野蠻』。」

五個人都點頭，好像了了一件事，心情也輕鬆起來。

（原註：本節內秋子查閱的辭典是參考尾上兼英監修《旺文社小學漢字新辭典改訂版》一九八七年十月初版，一九九一年十二月改訂版。其中「野蠻」指未開化或強橫不講理。例句如「野蠻的行為」。）

4. 美夢破滅

那個時候，宏仁正在「珠算補習班」認真上課。

「大家準備，先來做手指頭的練習：一、二、三、四、五，一二三四五……」助教喊口令，學生們舞動著手指頭，一二三四五彈動大拇指，五就要改用食指。

助教念的速度越來越快，一分鐘念十幾遍。告訴大家，手指頭不夠靈活就沒辦法學好珠算。

一間榻榻米房裡擺著兩排矮桌子，學生們坐在榻榻米上，兩眼直直地注視平放在桌上的算盤。這些學生有大有小，小學生跟中學生擠在一堂上課，個個聚精會神地學，學習情緒非常高昂。

老師穿梭在矮桌子中間走來走去，一邊走一邊念：「準備好，開始練習加法：二百三十四圓加三百六十五圓加一千八百九十八圓加……一共多少？」

「三萬三千三百三十三圓！」

「對！」老師很開心，「再來是……」老師越念越快，撥動算盤珠子的聲音清脆地跟著卡恰卡恰響。宏仁凝神撥著、撥著，時間在不知不覺中流逝，很快的，一個鐘頭的珠算補習班下課了。

宏仁背起書包走出補習班，走到街角一家當鋪前面站住了。每天走過這兒的時候，他總要停腳看看櫥窗裡的東西——西裝、照相機、手錶……等等。

「幸好，還在！」宏仁看到那隻標價一千兩百圓的手錶還擺在那兒，心裡慶幸著。他很希望有一天能買下它，因為到了六月，他的珠算就能晉一級，到程度更高的班級上課。但那個班級上課的時間較晚，剛好碰上他送晚報的時間。

如果有隻手錶，時間一到，他可以早幾分鐘退出補習班，飛跑去派報店領報紙。所以他很需要那隻錶，站在櫥窗外看它已經有好幾天了。

「可惜太貴了。」每次看那標價，宏仁總是這樣告訴自己，還罵自己說：「光看有什麼用？一千兩百圓的標價，看它一百遍也不會變成三百圓，還是耐著性子等吧，等到年末領到獎金就可以買了。」

宏仁不再想手錶的事，轉頭往派報店的方向跑。跑著跑著，他忽然想到念三年級的弟弟阿勝。對了，晚上得給他說教一下，「都三年級了，還不知道怎麼賺一條魚的錢嗎?!」

那是昨天晚上的事。宏仁念了弟弟在學校寫的一首詩，不禁火大。那首詩是這麼寫的：

我好想吃秋刀魚，
一整條肥肥的秋刀魚。
想到秋刀魚的鮮美，我忍不住滴口水。

宏仁家人口多，收入又少。所以，晚餐的秋刀魚每人只能分到四分之一條。一人吃一條是絕不可能的。

那首弟弟寫的詩掉在房間地上，媽媽撿到了，拿起來讀，氣得臉色發青。

「阿勝！」媽媽怒聲喊，「寫什麼詩嘛？把家醜都抖出來了。我們窮得沒辦法給你吃一整條的秋刀魚，還好意思寫出來給老師同學看？」

可是那時候，弟弟已經躲進被櫥裡面睡著了。

宏仁搶過媽媽手裡的紙條，念了一遍說：「他真是沒吃過一整條秋刀魚，無可奈何啦！我在二年級的時候，也常夢想能一個人吃一整條呢。」宏仁說完，媽媽也不出聲了。

宏仁當報童賺的錢全部交給媽媽，所以他和大人一樣，有發言權！

宏仁雖然護著弟弟，心裡對阿勝也很不滿。不過，他並不是認為阿勝讓家裡出醜。

宏仁的想法是：想吃就想辦法去賺錢買來吃！尤其想到弟弟已經三

年級了，賺一條秋刀魚的本事應該多得很。他可以去幫忙做資源回收，也可以幫鄰居跑腿買東西啊。

宏仁本來想今天要訓訓阿勝的，可是一早起來，竟把事情給忘了。宏仁每天一大早就要出門送報，哭哭啼啼的小弟也不能不理，自己還要趕著吃早餐，常常忙得喘不過氣來。

宏仁直到傍晚，才又想起阿勝寫詩的事。

*

送完晚報，宏仁往回家的路走。半路上看到五六個騎自行車的青年迎面而來，看樣子是大和電機廠的職員，他們一邊踩車子一邊大聲說話，好像在談論什麼。

宏仁忽然發現，其中有一個是秋子的哥哥，他很尊敬這位大哥，所以很高興地趕快向他點頭打招呼。

「喔，你叫宏仁是不是？還在學珠算啊？」秋子的哥哥停下來，兩眼注視著宏仁書包裡凸出一截的算盤，大聲問他。

宏仁沒注意到他憂慮的眼神，很愉快地回答：「是啊，我天天都去，我希望小學畢業時能升到三段。」

秋子的哥哥哈哈大笑著說：「算啦！不用學了，珠算沒用了。」

宏仁嚇一大跳，慌忙要問他為什麼沒有用，可是秋子的哥哥已騎著自行車飛遠了。

「奇——怪！」宏仁自言自語，心裡很納悶。他記得只和秋子的大哥說過一次話。那一次是在一個同樣當報童的朋友秀明家裡見到的。秀明辭去送報的工作而考進大和電機當職員。宏仁有一回到秀明家找他玩。秋子的哥哥是秀明的同事，那天剛好也去秀明家，他們就是這樣碰上而認識的。秀明常常在宏仁面前提起秋子的哥哥，說他是很有學識、很有思想的好青年。

宏仁匆匆吃過晚飯，就決定去找秀明。教訓阿勝的事又延後了。

秀明住在一棟小公寓的二樓，宏仁還沒走到，遠遠地就看到玻璃

窗上映著兩三個人影，正在大聲交談。宏仁知道秀明家有客人，可是就這樣掉頭走又覺得太可惜，於是兩手圈著嘴朝他的窗口喊：「秀明哥……」

秀明探出頭，下樓對他說：「對不起，我們正談著重要事。」

「我知道。是不是秋子的哥哥也在上面？」

「哦！原來你也知道了？」

秀明蹙緊眉頭說：「小孩子恐怕不容易了解。秋子的哥哥俊生被調到別的單位，我也被調了，調到販賣部。還調動了很多其他的人，我們都不願意，可是被調了。」秀明的聲音漸漸激動起來，提高嗓門兒說：「原因是工廠買了電子計算機。本來俊生是我們工廠的珠算權威，工廠裡二千多名員工每月的薪水、健保費和該扣繳的稅金，全靠他一個算盤來算，又加又減的十分複雜，但俊生每月都能一毛錢不差的算出來。沒想到電子計算機更厲害，俊生要算好幾天的工作，電子計算機不要一天就算出來了。」

太震驚了！霎時宏仁的臉色變了。他最崇拜、最羨慕的珠算名手——秋子的哥哥，竟然被電子計算機淘汰了。

「我們的工作一點兒保障都沒有，」秀明說，「所以我們正在商議，是不是應該發動工會[11]成員，採取抗議行動。」

秀明一本正經地向宏仁說明，可是宏仁什麼都沒聽到，他的眼前一片空白。多年來一直努力要實現的夢——成為日本第一的珠算名手，初中畢業後高薪應聘到大和電機廠就職。這麼美好的夢，竟在一夜間破滅了。

---

11 「工會」是同一職業的工人，為全體利益而組織的團體。

5. 過去、現在、未來，並談野蠻

六年一班的教室裡，芳枝高聲念著她的作文：

我們住的地方，從前是什麼樣的？我問爺爺。爺爺說，五十年前，街上那一條大馬路是崎嶇不平的泥土路。一陣雨下來，就像水田一樣泥濘不堪。我聽了，不禁慶幸自己生在鋪柏油路的現代，免受過去的人所受的那種不方便和痛苦。

爺爺又說，從前我們家養很多蠶，我們這一帶幾乎是養蠶人家，所以四周的田地都種滿了桑樹。二次世界大戰時，因為糧食缺乏，政府勸導大家改種稻子，所以桑田就變成了稻田和菜園。戰爭結束後，大家又恢復養蠶。可是沒多久，尼龍等合成纖維問世後蠶繭沒人要了，養蠶的農戶受到很大的打擊。最後，農人們背著一袋一袋的蠶繭，去哀求中間商人收購，大家都賠錢……

武男聽到這兒愣了一下，心想：這和秋子的哥哥所遭遇的不是一樣嗎？

尼龍的問世當然是全人類物質文明的進步。但是為了它，芳枝的爺爺賠錢吃了虧。當然不只芳枝一家受損，櫻花市所有養蠶人家都受損了。還有……

同樣的，電子計算機的發明當然也是值得高興的進步，但是為了它，秋子的哥哥被調職了。

「哥哥調職以後，新的工作單位加班少，薪水也少了。同時販賣部的工作他又不熟悉，工作無法勝任愉快。」秋子傷心地說。

宏仁跟原來一起開「代做功課股份有限公司」的幾個同學，聚在一起聽秋子為哥哥抱不平。宏仁感觸良多地說：「我一直以為只要學一技之長就不怕沒有工作。可是這樣發展下去，恐怕學理髮的總有一天也會被機器人取代了。」

三郎從口袋裡掏出一張傳單說：「這上面有好幾個字我看不懂，不大清楚寫的是什麼，不過好像跟大和電機廠的事差不多，所以我特地帶來給大家看。」

秋子接過去念：「反對電話自動化！因為接線生將被淘汰而失業……」秋子抬起頭看著三郎說：「哦，你爸爸在電信局服務是不是？」

秋子一邊看一邊解釋：「這張傳單是電信局所屬全國員工工會印發的。意思是說電信局計畫把全國的接線電話全部改為直撥式，所以發出通函，募集自願辭職的接線生。可是大半接線生都不願辭職，希望能留在電信局繼續工作。所以透過工會，反對電信總局犧牲接線生而做電話合理化的改革。」

「什麼叫『合理化』？」宏仁問。

沒有一個人會回答，因為大家都不十分了解這句話的意思。武男想，這句話被用來做負面的解釋，有點令人意外。合理的，應該是指廢除多餘浪費的地方，大多用來做正面的解釋啊。

可是，員工工會卻說合理化是不好的。是工會對？還是電信總局才對呢？他的耳邊又響起芳枝念作文的聲音。

芳枝說：「從前，從這兒打電話到東京，要先打到記錄臺，等接線生接通一通電話至少要一兩個鐘頭。後來改為立即臺，不用掛上話筒，幾分鐘就能接通。現在只要加個區域號碼，直接撥號就可以。比起從前，直撥式的確便利多了。」

沒錯，的確便利多了，可是員工工會為什麼反對這樣的「便利」呢？

秋子繼續念傳單：「將有八千人被裁員。因為電信總局募集自願辭職的人，分派各個電信分局一定的人數。如果自願辭職的人數不夠，各電信分局將實施強制裁員。我們團結起來向電信總局要求談判，卻不受理睬，總局顯然漠視勞工的權利……」

「喂喂，請念慢一點。什麼權利、漠視這麼深的句子我不懂。」三郎說。

「回家問你爸爸不就得了？」

「我爸不肯告訴我，說這些事兒小孩子不用管，不必知道。」

「哈，虧你是個小雷達，居然有探聽不出來的事。」美枝笑他。

「裁員八千人？喂喂，你們有沒有想到八千人有多少？比大和電機廠的全體員工還要多呢！」宏仁睜大眼睛驚異地說，「是我們櫻花小學全校學生的六倍以上喔。」

武男一愣，宏仁不提起，他還沒想到八千這個數目之大。他的眼前映出學校朝會時排在操場上的一排排學生，那些學生的六倍，那麼多的人要失業，太可怕了。武男心裡很沉重。他想：為了那份「便利」，必須犧牲八千個人。這八千人如果每人有家眷三人，那麼受害人就兩萬四千人。非要犧牲兩萬四千人的利益，換取大家的「便利」不可嗎？

武男好像能了解「合理化」這一句話了。他馬上又聯想自己在沙坑裡玩沙的情景。他把沙子鏟到餅乾盒子裡，鏟得滿滿像座小山，然後用棒子把它抹平。被抹掉的小山部分就是那兩萬四千人——你們是多餘的，沒有用了！

要把沙子抹掉很簡單，但是兩萬四千人的生活卻不是開玩笑的。這就叫做「合理化」?!

武男好像聽到沙子在爭討自己的權利：「把我們也放進箱子裡啊！」

沙子就像是員工工會那麼抹掉沙子的他，是不是就等於是電信局偉大的主管？

「怎麼樣？大家有什麼感想？」芳枝念完以後，老師問大家。

「了不起，調查得好清楚喔！」森雄誇獎。

武男的頭腦由思考合理化的事，轉到芳枝的作文上。他的腦海裡浮起隔著太平洋的日本和美國地圖。大海那端的美國發明了化學纖維，卻教這端的日本的養蠶農家大虧本。在廣大的地球上，世界原來是這樣，各種事互相牽連在一起。

武男還在沉思當中，明朗忽然舉手站起來：「接下來請聽我們的報告。我說的『我們』，是我跟武男和秋子三人。」

武男跟秋子馬上站起來。明朗開始說明：

「我們也做了過去和現在的比較。從前的小孩子，就如同二次大戰前的二宮金次郎的歌：上呀上山打柴，下山搓繩子，編呀編草鞋……」

明朗拉長聲音像在唱歌，全班學生發出爆笑聲。明朗自己也跟著笑，一邊說：「根本沒什麼時間可以玩。茫霧谷的佐平他們也一樣沒時間玩，好像只有在做完工作的時候才能玩一會兒。所以比起從前，好像現在比從前好一些。還有一條歌是這麼唱的——」

三個人一齊唱起來：「磨呀磨呀芝麻醬，聽見運茶大隊要來了，趕快關門乒乓響……」

這回，大家笑得東倒西歪，一邊也跟著唱。

唱完了，武男才說：「江戶時代將軍要喝的茶，每年都遠從京都一個叫宇治的地方，專程運送到現在的東京。半路上，民眾遇到運茶的隊伍，就要退到路邊低頭跪拜。所以只要聽到運茶大隊要經過，大家就避得遠遠的。這是剛剛那條歌的由來。」

換秋子接口：「向運茶大隊跪拜是很荒唐的事，現在早就沒那類風俗了。所以說，現在好像是比從前好。不過……」

秋子吞了吞口水，接著說：「茫霧谷有『過關』的考驗。一般人都認為那種考驗和膜拜的修行很殘酷，所以批評從前的人野蠻。可是現在也有考試啊。現在的小孩子，已經不需要像二宮金次郎那個時代的小孩一樣辛苦，本來有足夠的時間可以讓孩子們玩。偏偏為了考高中、考大學，而把孩子們趕到補習班去惡補。從這一點來看，我覺得現在也是野蠻的。報告完畢。」

秋子一口氣說完了，馬上坐下來。有兩三個人拍手，其他的人露出意猶未盡的表情。

秀雄舉手站起來說：「茫霧谷過關的考驗，辛苦危險到會要人的命，現在的考試怎麼能比？就這樣批評現在也野蠻，恐怕說不通吧？」

「對，秀雄說的對！」有幾個人附和。

春枝站起來問：「請問『野蠻』到底是什麼意思？」

「我查過辭典，上面寫的是一、未開化。二、強橫而不講理。」秋子回答。

「那麼，你認為現在的社會是這樣的嗎？」春枝又問。

秋子、武男和明朗都答不出來。

這時候，正彥舉起手，不慌不忙站起來說：「我也查過辭典。小學生用的辭典是那麼寫的沒錯，不過我順便也查了大人用的辭典，結果有『強橫而違反人道』的意思在裡面。」

秋子恍然大悟。

正彥拿出自己寫的文章念給大家聽。

正彥說，「強橫」這句話他懂，但「違反人道」是什麼意思他就不懂了。他想再查辭典，父親問他在做什麼。他說，在查野蠻和違反人道是什麼意思。

父親聽了，想一想才告訴他：「如果要說野蠻，那場戰爭最野蠻了。日本軍隊侵入中國農村燒房子，濫殺農民，連小嬰兒都被殺。雖然不是每支軍隊都這樣做，但『違反人道』是確實的。」原來正彥的父親當過兵，去過中國大陸。

正彥下結論說：「本來我不贊同武男的『現在也野蠻』這句話，而認為只有古時候像《花忍者》那樣的時代才叫野蠻。沒想到距今不過二、三十年的那場戰爭，也是那樣的野蠻。」

正彥這一篇作文很強烈，教大家嚇一跳，都發不出聲了。

秋子忍不住站起來說：「我懂了。我們都覺得『野蠻』除了我查到的辭典以外，還有別的意思，卻不知道是什麼。現在我完全明白了！」

秋子深吸一口氣，臉都紅了：「野蠻也就是說，不尊重、疼惜人。無論是茫霧谷的過三關或現代的考試，都是不尊重、疼惜人的事。」

這一次也只有幾個人拍手，不過秋子已經滿意了。武男和明朗一定懂她的意思。而讓秋子更高興的是，三宮老師贊成她的話：「說得好！疼惜兩字用得很恰當！」

「老師」道子也舉手了。

「什麼事？」老師問。

道子也興奮得臉頰發紅：「聽了大家的發表，我才知道自己說『從前很野蠻』是太輕率了。我不知道別人怎麼想，不過我本來覺得，仔細檢討花忍者的故事很麻煩，就贊同別人說從前比較野蠻，反正跟現代沒關係嘛。不過，聽完大家的報告，現在我覺得，這還是我們不能不思考的問題。」

原來如此，武男暗暗點頭。武男覺得「從前很野蠻」這句話有問題，就是因為說這句話的人，都不仔細檢討和思考問題，令他不服氣啊。

最後，老師做總結說：「道子也說得很好。這堂課大家都把自己調查和思考的事，充分發表了。我也覺得非常高興！」

下課鈴響了。正彥和芳枝來到秋子他們跟前談笑，道子也站在後面，不好意思地笑著。

（原註：故事中芳枝的作文，是借用一九六二年《柏市土小學研究錄》第二集的文章，加以改編而成的。又，故事中正彥查的成人辭典，是新村出編《廣辭苑第四版》，一九九一年十一月岩波書店出版。）

6. 三種未來

下一堂上課鈴響，三宮老師進來了。

「這一堂課，我們來討論『未來』。」老師說。

沒想到太郎霍地站起來：「老師，不要閒聊了，請上正課好嗎？我到學校是來上課本的。」

全教室騷動起來。大家以為老師會教訓太郎，卻沒想到他心平氣和說：「現在上的討論課，是挺重要的學習。你知道嗎？太郎同學。」

「老師，我準備投考東京K中學，如果不加緊用功課讀書，是考不上的！」

「如果你認為升學考的準備那麼重要，那你就自己用功吧！」

老師好像是要嚇唬他的。誰也沒料到太郎竟然面不改色的回答說：

「好，那我就讀自己的書。」說著大大方方拿出補習班的參考書，開始寫起問答題來。

「唷，好大的膽子！」武田心裡暗叫著，回頭注視太郎的臉。雖然他覺得這樣的討論很有意思，但太郎勇於表達自己，勇於做自己喜歡的事，也令他感到絲絲的欽佩和羨慕。不過，為什麼非考進K中學不可呢？這，他就想不通了。

三宮老師不理會太郎，繼續講他的課。問大家說：「今天問大家要發表的研究調查的題目，卻沒聽說誰對『未來』有什麼樣的想法，為什麼？」

秀雄搔搔頭，說：「所謂未來，不是人類到太空旅行，就是在海底蓋房子造城市，或是開像飛機一樣快的汽車一類的，我總會想到漫畫、卡通的畫面。」

武男覺得好笑，他想起三郎也曾經說過同樣的話。

老師笑著說：「對，『未來』就像那樣也說不定。現在我來念一首詩給大家聽。」

我啊！
二十年後，
要坐太空船到月世界旅行，
還有，
要造一座最豪華的花園洋房，
有游泳池，
有荷花塘，
還有一輛高級轎車，
那時候，
我的身分是董事長！
…………

老師念完了，說：「大家說說自己的感想吧。政吉，你說。」

「這首詩把未來的世界和自己的將來寫在一起，我認為這麼思考未來也是不錯的。」政吉站起來回答。

「嗯，是這樣吧。」老師說。

武男的注意力被太郎分散，沒聽清楚大家說的感想。忽然聽見老師說：「武男，你認為這首詩怎麼樣？」

武男一驚，彈起來說：「喔，我想……大部分的人都無法當董事長。」

全班大笑起來。

武男慌忙補充說：「你們雖然覺得好笑，可是請大家想一想，大和電機公司只有一位董事長，可是員工有一千多人。大和電機在其他地方也有工廠，所以是幾千人當中才出一位董事長。還有，女孩子大概都不能當董事長。」

「誰說的？也有女董事長呀！」一個女生快嘴回他。

「有是有，不過女董事長確實太少了。男生不能當董事長也是普通的事。所以，我認為這首詩太不實際了。」武男反駁說。

「話是沒錯，不過，我想大家還是喜歡當董事長而不喜歡當小職員是不是？」三宮老師環顧大家說。

「我不喜歡當董事長！」明朗說。

「為什麼？」三宮老師問他。

「當董事長太辛苦了，」明朗不慌不忙地說，「隨時都要操心公司賺不賺錢，所以我想當小職員，每個月都有薪水可領，不是輕鬆得多嗎？」

「可是，不當董事長，就沒有游泳池的家可住哇。」一個男生說。女生們吱吱喳喳討論起來：「不當董事長，當電影明星或電視歌星，只要能走紅，也能住有游泳池的大房子啊。」

秋子聽到這些話，舉手站起來說：「老師，剛剛武男說的，能當董事長的人是少數，能成為紅影星、紅歌星的也是幾萬人、甚至幾十萬人當中才有一個。所以我想……」秋子說一半，竟被自己的話驚到了。她一直對未來抱著遠大的夢想，可是夢想好像忽然萎縮成一點點了。

「我想，一般人都沒辦法住有游泳池的高級洋房。」秋子很快的說完，就坐下了。她把自己包括在「一般人」裡面，認為自己這一生大概不可能住那種有游泳池的大房子了。

「嗯，不錯，」三宮老師頷首，又問她：「秋子，可是你不想住有游泳池的大房子，也不想到月球去旅行嗎？」

「我當然想住有游泳池的大房子，也希望能到月球旅行，只是，」秋子低聲問老師說，「就算有太空船可以到月球去旅行，船票一定很貴很貴，不是嗎？」

全班笑開了。秋子脹紅了臉，很不好意思地坐下。武男馬上站起來大聲抗議說：「有什麼好笑？每個人有每個人的想法，這樣笑人家是不禮貌的。」

「覺得好笑當然可以笑！」光平站起來反駁他。

三宮老師厲聲喊：「兩個人都坐下！」聲音大得幾乎要震破窗玻璃，霎時教室安靜了。

老師慢慢地一句一句說：「我認為如果覺得別人的話好笑，自然可以笑，不過要笑得有道理。例如剛剛老師看到武男愣愣的不知想著什麼，故意指名問他話，他結結巴巴地答非所問，你們都笑了。不過武男知道你們笑的原因，所以馬上加以說明。可是這一次你們笑的原因是什麼？為什麼覺得好笑？光平，請你告訴大家。」

光平嘎啦嘎啦推開椅子站起來，很不高興地說：「我不知道。」

「你不是說覺得好笑當然可以笑嗎？」

光平低下頭。

沒想到三宮老師也有這麼嚴厲的一面。武男心裡想著，眼睛一直看光平那高大的身影。五年級的時候武男跟光平不同班，他原來就在一班，現在仍然和四五個原來同班的同學常在一起，聽說他是從前一班的龍頭老大。

老師逼問他：「你說不出剛剛笑人家的理由是不是？」

「是！」

「好，那我就一個一個點問剛剛笑過的人，你仔細聽著，下課以後我還要問你一遍。坐下！」老師又露出笑容，看著大家說，「誰能說出理由？會的請舉手。」

哲生舉起手。

「我們沒想到月球旅行是要錢的，所以聽到秋子突然提起錢，當然覺得好笑。」

「那麼，你們憑什麼認為不要錢呢？」

「因為到月球旅行只是電視卡通或漫畫書上才有的。既然不是真的，當然不用錢。」

「好，你們說出了兩種未來：一種是像卡通或漫畫裡描寫的，有太空船、有機器人的那種未來。另一種未來是指自己的將來。想到自己的將來，當然會想到錢的問題。秋子對自己的將來想得很認真，所以得到一個結論，認為沒辦法到月球旅行。其實現在還不是一樣？想到美國、歐洲旅行的人只要搭上飛機就可以了。可是像我這樣的窮教員，一個月薪水全部拿出來，也買不到一張單程的機票。所以真正能去旅行的人還是少數，不是嗎？」

老師又說：「現在我想了解一下，班上有幾個同學希望能當董事長。不管有沒有可能，心裡希望能當董事長的，請舉手。」

男生有三分之二以上，女生有將近半數的人舉起手。

武男猶豫不決，他想：雖然老師說不管有沒有可能，只要想當就可以舉手，但是不可能是很明顯的。他想到，自己也曾經當過「代做功課股份有限公司」的董事長啊。雖然這麼想，武男終究沒舉起手。他轉頭看明朗和秋子，他們也都沒有舉手。

老師說：「想當董事長的還是佔大多數。不過剛剛武男說得很清楚，真正能當的是極少數。怎麼辦呢？既然是幻想，那麼大家來想想能當上董事長的方法，怎麼樣？」

老師的話讓大家感到意外，全班學生都愣住了。

秀雄問老師：「大家都當董事長，誰來工作呢？」

「咦，董事長不是可以坐著享受的唷，剛剛還有人說當董事長責任太重，不願當，你忘了？」

秀雄抓抓腦袋縮一下脖子坐下。接著春枝站起來：「我認為要做負責人，做起事來才有幹勁！」

「那，你是說當小職員就沒有幹勁囉？大家回去問問你們的爸爸哥哥看看，看他們滿意不滿意自己的工作？」

不等回家問家長，智子馬上站起來激動地說：「我姊姊在托兒所工作。我不知道托兒所的保母算不算小職員。我姊姊常說她的工作很有意義，工作得很愉快，只是薪水太少了，常說如果待遇能好一點，她就完全滿意了。」

「說得好！」老師說，「希望大家仔細地再想一想，想當董事長的人真正想要的是什麼？我認為真正想要的是：薪水高、工作有意義又受人尊敬。所以不管當保母也好，公司職員也好，只要能得到上面三項就可以滿足了。這首詩的作者，心裡想到的恐怕也不是『董事長』這個頭銜和地位。他只是把自己想追求過好生活的心情，藉月球旅行和董事長的詩句表現出來。

「任何人，都希望自己的人生像花開一樣亮麗美好，我相信這位作者就是以這樣的心情寫這首詩的。我希望這首詩的作者，能夠把董事長這個頭銜的內涵多想一想。你們大家也是喔。」

武男耳朵聽著，但心裡想的是有沒有第三種「未來」。兩三天前，秋子站在原本是荷花池的加油站旁邊說：「如果我們是未來人，不知那個時候有沒有考試？」那時候，秋子大概沒想到，她不是在想自己的將來，也不是在幻想有太空旅行或機器人的未來，而是在想第三種「未來」啊。

武男想，雖然對不住說「四季和課題都是少不了的」的凱斯都那，也許真會有「無考試」、「無家庭作業」的未來。不過，要怎麼做才能創造那樣的未來呢？

或者，不管是什麼時候的未來，兒童注定要永遠為「考試」和「家庭作業」苦惱……

武男正想著，下課鈴打斷了他的思路。

（原註：故事中三宮老師念的詩，是借用長岡市四郎丸小學學生土田正規的作品，加以改寫而成。這首詩是一九六二年發表的。）

7. 把學校跟家庭都當做地獄

「喂，三郎，這張紙條是什麼意思？」三郎的父親指著兒子貼在書桌前面牆壁上，一張莫名其妙的標語驚問他。

「噢，就像字面上說的啊。」

「什麼？你沒寫錯嗎？還是不懂它的意思？」聽見父親聲音帶著怒意，三郎停止做一半的模型玩具，慌忙抬起頭來。

壁上的標語這麼寫著：

一、自己定的計畫必定實行

二、把學校跟家庭都當做地獄

「這兩句話是今天老師告誡我們的。」

「嗄？老師？」父親驚叫起來，不相信地直視著兒子的眼睛說：「真的？」

「當然是真的，我怎麼敢欺騙您呢？如果您不相信，明天可以打電話去學校問我們的老師。」

「欸，你到這邊來。」父親叫兒子離開書桌。

三郎無可奈何地坐到父親跟前。父親說：「『自己定的計畫必定實行』這句話我懂。可是，三郎你知道地獄是什麼嗎？」

「知道，就是有閻羅王跟很多鬼的地方。人在世的時候，如果做了壞事，死後就會被閻羅王抓去問罪，叫惡鬼拷打，逼他走刀山，聽說很可怕呀。」

「好，那麼我問你，三郎呀，你的家，噢，也可以說是我的家，有鬼嗎？爸爸、媽媽、哥哥、妹妹，有誰是鬼嗎？」

「哦，爸爸您會錯意了。」三郎笑起來，「我們老師的意思是說，我們都認為讀書很苦，但是為了明年的升學考試，再苦也不能不用功讀書。就像有惡鬼逼著我們走刀山一樣，我們不能不讀書，對不對？」

「喝！居然有這麼妙的比喻。」父親指著標語說，「那你就詳細把它寫出來，不要寫家庭是地獄，我可不喜歡有人指我的家是地獄。」父親悻悻然走了。

三郎只好取下標語，改寫為：「不管在學校或在家裡，都要用功讀書！」可是看了看，總覺得語氣不夠強烈也不夠刺激。

他聽到父親在起居室裡跟媽媽說話的聲音：

「老師也未免太過分了，把讀書比喻成地獄，像什麼話嘛。」

「可是，光是嚷嚷讀書讀書是沒用的。想想，孩子也夠可憐的，一會兒被趕到學校，一會兒被趕到補習班，不是考試就是寫作業，這樣的生活比喻成地獄，是有點像啊。」

「可是，小傢伙一點也不緊張，還悠哉悠哉做模型玩呢。」

「嗄？爸爸以為我做模型是悠哉悠哉的嗎？」三郎心裡不平。

媽媽說：「有時候也得讓他輕鬆輕鬆啊。」

「呀呀呀！媽媽也不了解我。」三郎忍不住嘆了一口氣，心想：我就是在做模型，心裡也好像被誰在追趕啊。父母親看不見我的心裡有個地獄！

——咦，我心裡有個地獄？三郎被自己的想法嚇了一跳。或許媽媽說得沒錯，學校回來還要被趕到補習班，每天不是考試就是寫作業。所以我的地獄是從外界逼到心裡面的。

三郎閉上眼睛，眼前映出心裡的地獄圖：

那是一張和人體解剖圖的胃袋底層一樣的圖，一團昏暗又灰濛濛的。當中有一座淌著鮮血的險峻高山，一個小男孩兒吃力地爬著那座山。小男孩好像被誰追趕很驚慌，拚命爬著，爬著。灰濛濛的山底，傳來許多孩子的哭泣聲……

三郎倒抽一口冷氣，告訴自己說：地獄就像爸爸說的，太可怕了！

三郎想：心裡所以會有這麼一個可怕的地獄，完全是為了要努力讀書。讀書好像和存款一樣，現在苦一點，將來就可以輕鬆地花用了。總而言之，到大學畢業就職以前這段時間，就是儲蓄期吧。

他又想：可是就職以後如果遇到裁員問題，那又該怎麼辦呢？三郎忽然想通了：念書是為了要當把人裁員的一方，而不是被裁員的一方啊。

三郎越想越覺得荒唐。真正的讀書，應該還有別的目的吧？

——不要存款了！我現在就把錢用掉也可以吧。

三郎撕下貼在牆上的標語，揉成一團就扔進紙屑箱了。

8. 扮家家酒的痕跡

「把學校和家庭都當做地獄？」秋子一直想著美枝說的這句話。桌上擺著攤開的測驗題和一本練習簿，她卻沒有力氣做，腦子裡全被這句話占領了。她覺得這句話有些過分，卻也有幾分真實。想到哥哥們對她的期望，壓力重得使她喘不過氣。

換換心情吧！秋子推開練習簿，順手拿起一本圖書館借來的童話集。這是兒童文學作家平塚武二寫的童話集。每篇故事都短短的，其中一篇〈扮家家酒的痕跡〉特別吸引她。

故事是這樣的：一片田地，中間夾著一條小溪流。一座小小的石橋橫跨在小溪流上面。清子和玉子在石橋的石欄杆上面扮家家酒。叩叩叩，叩叩叩！兩個小女孩兒搗呀搗呀，把摘來的野花野草搗成泥，裝入一片一片的樹葉盤子裡。

仔細一看，堅硬的石欄杆，有輕微的凹痕。

「凹痕是清子和玉子每天在那兒叩叩地搗，搗出來的嗎？」作者問。然後說：不，這兩個小女孩即使天天搗，也不可能搗出凹痕。那是因為她們倆還沒來這兒之前，已經有人在同一個地方扮過家家酒，同樣叩叩叩地搗過。

是誰呢？是清子的姊姊。姊姊小時候也喜歡在石欄杆上面搗爛野花野草扮家家酒。

清子的媽媽小時候也在那兒輕輕搗過野花草。

還有，玉子的老奶奶小時候也在那兒輕輕搗過野花草。所以搗呀搗呀，才搗出了凹痕。

像這樣的小石橋，隨便哪個村莊都有。如果你看到田地旁邊的小溪流上面有一座小石橋，記得走過去仔細瞧瞧，看看欄杆上有沒有扮家家酒的痕跡喲！

秋子一遍又一遍重讀，沉重的心情在不知不覺中輕鬆起來，兩個小女孩兒在田中的小石橋上面搗爛野花草的身影，不斷浮現到眼前來。

噢，不，不止兩個，小女孩兒的背後還有一長列的小女孩兒，在青藍的天空下，若隱若現映在綠野中。她們是清子跟玉子的媽媽和媽媽的媽媽……

秋子自言自語：「幾百年來都有小女孩兒在辦家家酒，堅硬的石子都會搗出凹痕……」

她忽然想到什麼，拿起電話打給武男說：「有一件事想拜託你，我想去看石橋，我們大夥兒一起去好嗎？」

「好哇，哪個地方的石橋？」

「這，我也不知道。」

「什麼？你也不知道？不是開玩笑吧？」

「反正電話裡說不清楚，明天我再詳細告訴大家。」

接著，秋子給三郎、美枝、明朗，一個一個打電話。三郎不在家，留話拜託他媽媽，請他回來回電話。

第二天下午，原來的「代做功課股份有限公司」成員全部到齊，圍坐在武男家的餐廳裡。小弟弟文雄也過來湊熱鬧。

三郎說：「快講嘛，到底想到什麼好點子，別吊人家胃口好嗎？」

「別急嘛，」秋子回答說，「我先念一個童話給大家聽。」

「啊？童話？」三郎覺得掃興。

「聽完故事，就要開始行動了。」武男安撫他說。

秋子慢慢念，大夥兒聚精會神認真聽。

秋子念完了。

三郎有些失望，本來想說：「就是這麼回事兒？」

美枝卻深感興趣，說：「也許祖母的祖母，也搗過喔！」

明朗點點頭說：「原來好久好久的好久以前，就有扮家家酒這樣的遊戲。」

「是這樣啊？」三郎好像有點明白了。

武男問：「是不是要我們一起去找石橋？」

「嗯！」秋子忙點頭，並說：「我想朝落合川的方向走，應該能找到。不過一個人去有點兒不放心，所以想拜託大家陪我去找。」

文雄亮著眼睛說：「我知道一個地方有一座小石橋。」

「真的嗎？」秋子好興奮。

武男盯著弟弟的臉問：「你確定？不是新的橋，而是很老很老的石橋喔。」

「當然是又老又舊的，我跟同學親自走過。橋頭還有個小石塔呢。」

「好像什麼地方的橋有個小塔，這，我聽說過。」明朗說。

「那就沒錯囉！」武男站起來，秋子忙向文雄道謝。

文雄得意洋洋說：「看吧，我很有用喔！」

「出發囉，統統坐上時光機！」三郎大聲吆喝。

「Let's go！」大夥兒飛奔出去，跨上自行車。

六個人的自行車，由文雄領頭穿過田埂路，經過一片住宅區，然後橫跨過幹線大馬路，來到另一所學校的校區。那兒又有田地和住宅區。有個大農莊在一片森林裡，他們的車隊穿過森林中的小路，經過消防守望塔下面，文雄說：「快到囉！」他指揮大家繼續往前騎，繞過池塘邊以後要滑下一段坡道。坡道兩邊都是田地，田地盡頭有一條溪流，果然有一座石橋橫跨在溪流上面，橋頭也真的有一座老舊的小石塔。

武男和秋子走過去想看塔壁上刻的字，但只看到一個「石」字，其他的看不懂也看不清楚。剛好有一位老婆婆打那兒經過。老婆婆對武男他們笑一笑，轉身向石塔拜了起來。

拜完了，三郎問她：「老婆婆，這上面寫什麼？」

「迴國石橋供奉塔。」老婆婆一字一字慢慢念，但誰也聽不懂。

老婆婆說：「迴國，是指巡迴全國。有誰帶筆來嗎？」

秋子趕緊掏出筆記本和鉛筆遞上去。

老婆婆寫上「迴國石橋供奉塔」幾個字，再親切的加以解釋，說：「從前的日本，稱現在的『縣』為『國』，全日本共有六十六國。迴國是指巡迴全國送佛經到各地有名的佛寺。這村子的人分頭去做這件事，所以造了這座石橋做紀念，石塔上刻的就是這件事的記事。」

「哦，原來是這麼回事。」大夥兒向老婆婆道完謝，就蹲到石橋上低矮的欄杆前，認真尋找凹痕。小溪流的水臭臭的很冲鼻子，不過誰也不敢抱怨。

「沒有哇，找不到吔！」

「這邊也沒有。」

「小朋友，你們找什麼呢？」老婆婆奇怪的問。

秋子說：「婆婆，您小時候有沒有在這橋欄杆上面，搗過野花草扮過家家酒？」

「怎麼問這麼有趣的問題呢？我不在這橋上搗，我是隔壁村子出生的，小時候在神社前面的石燈籠座兒上搗。到了我女兒的時候，她們就用切的，不用搗的。只是把野花草一小段一小段切成一大堆。那時候溪水好清澈，水裡有很多小魚，晚上還有螢火蟲飛來飛去。噢，對了，我嫁到這村子的時候，這兒的老人說，他們小時候背著弟弟妹妹，常常相邀在神社前搗爛野花草扮家家酒呢！那神社，就在那兒！」

老婆婆指溪對岸一片住宅的背面，有樹林的地方。

「謝謝，謝謝婆婆！」

大夥兒跨上車子，朝老婆婆指的方向飛奔過去。從樹林的小岔路進去，果然有一座古神社。神社前面兩座石燈籠[12]卻是新的。

秋子好失望，剛好聽到文雄在另一邊叫：「快，快過來看！」

文雄在神社的正殿前面台階最下面一階。台階的兩旁也有石燈籠。

大家靠過來，文雄才得意的說：「沿著台階兩旁的石欄杆往上找，看有沒有扮家家酒的痕跡。」

「咦，這，很像喔！」秋子盯著石燈籠台座，大聲叫。

「這邊也有！」美枝也叫。男生們圍過去確認，確實看到有齒狀的小凹痕。秋子興奮地摸著那凹下去的地方，心裡好感動。真的有「扮家家酒的痕跡」啊！

明朗繞到石燈籠後面看刻的字。

「『天』××六年。這座神社就是那時候建的。」

「不熟悉的年號，不過比明治時代[13]更早，是可以確定的。」武男說。

秋子站在台階上俯視前方。從神社前的小路下去，盡頭有一排矮房子。矮房子的後面有一條小河，河的對岸是杜鵑花苗圃，開滿紅色、白

12 石燈籠是日本神社前或日本庭院的石造立燈。

13 指明治天皇在位的時代，自西元一八六八年至一九一二年。

色和紫色的花，如錦繡一般美。旁邊的蘿蔔田葉子綠又大，背後又有淡綠色的雜木林襯托，好一幅自然美景！

秋子朝著矮房子旁邊的一片草原奔過去。

「來，我們來扮家家酒！」她蹲下去，一把一把的拔起各種野花草。

文雄跟美枝也一起拔，然後一人一捧，拿到神社石燈籠的台座上，撿起地上的小石子開始叩叩搗。

「草香味好好聞喔！」秋子不禁深深吸鼻子。

「文雄，你去摘些樹葉來當盤子。」美枝喊。

「我去！」三郎搶著應聲，就跑出去了。

武男和明朗看他們三人叩叩叩地搗，不一會兒就把一堆野花草搗軟，搗爛、搗成了泥。

「怎麼變成這麼少呢？不夠分一人一盤吧？」武男說著，也跟明朗一起去拔野花草。

秋子摀著男生們帶回來的野花草，恍恍惚惚感覺自己好像從很久很久以前，就一直在這兒扮家家酒，背上也好像背著小弟弟或小妹妹，旁邊的美枝和文雄也一樣背著小娃娃……

秋子心裡的烏雲全化開了，「把學校和家庭都當做地獄」這句可怕的話，也拋到九霄雲外。

她沉醉在樹葉間透出來的輕柔陽光裡，叩叩叩輕摀著一堆又一堆的野花草，額頭冒出薄薄的汗水，鼻子裡聞著好香好香的野草味……秋子心胸敞開，整個人輕鬆起來。

回家的路上，武男說：「從前的女孩子都背著小弟弟小妹妹，在石階上扮家家酒。她們是一邊照顧弟妹一邊玩啊。」

「男生呢？不知男生做什麼？」三郎問。

「幫忙做田裡的活兒呀！」美枝回答。

明朗接著說：「事實上，從前的小孩子也沒多少機會得玩，因為成天被大人叫『幫忙，幫忙！』。」

不過……秋子想，從前的孩子沒有壓力，精神上好輕鬆。所以……不能簡單一句話，說從前是野蠻的。

她搖搖頭，告訴自己不要再想了，爭取時間享受要緊，她要好好享受現在那無拘無束的舒暢感覺。

文雄說：「好好玩、好快樂喔！」

「對呀，今天好難得！」美枝說。

（原註：平塚武二著〈扮家家酒的痕跡〉是收錄在《流星》童話集當中。一九六五年六月實業之日本社出版。）

9. 美枝的發現

可惜快樂的日子不可能天天有。

過了四、五天以後，美枝心裡直叫：「討厭、討厭、真討厭！」她自個兒在社區裡踱步。

因為這一陣子宏仁很洩氣，自從聽見珠算名人秋子的哥哥被調職以後，他就半點精神也沒有。美枝想邀集原來的「代做功課股份有限公司」成員，向宏仁表示關懷，所以到武男家，給大家打電話。沒想到上次要去看「扮家家酒的痕跡」時，大夥兒通通電話就集合。這一次可就問題多多了。

首先，明朗和三郎開始上補習班了。秋子也改成一週上三天補習班。三郎曾經說：「補習班我可以隨時不去啊。」可是一旦繳了錢正式上了課，他就馬上改口說：「剛進去就請假，不太好意思。」宏仁也還在上珠算補習班，算來算去只有星期天可以聚會，偏偏這星期宏仁又不行。

就這樣，美枝很失望的要回家，一路上她在心裡直叫：「討厭、討厭、真討厭！」尤其想到升上六年級以後，每天就是考試考試！學校的課後補習也馬上就要開始了，媽媽還叫她另外上外面的補習班哪！

他們這群朋友當中，只有武男一個人悠哉悠哉天天在玩。他說：「學校的課外補習課我也不想參加。我爸爸說，要不要補，隨我便。」加上級任三宮老師也不太會出家庭作業，所以武男好輕鬆。美枝不同，她回去馬上就得寫家庭作業。升上六年級，三班的級任石川老師就開始每天出一大堆作業了。

「如果『代做功課股份有限公司』還存在，那該多好啊！」美枝低著頭，一邊走一邊回憶過去的種種。這時候有兩個小男生從她背後追過來，一個是武男的弟弟文雄，還有一個是宏仁的弟弟健仁。

美枝轉頭問笑咪咪的兩個小男生：「要上哪兒去？」

「托兒所。我們要去接阿政。」

「噢，阿政上托兒所啦？」

「對啊，有一段時間了。每天都由我送他去，再接他回來。」健仁回答。

「我常陪健仁一道兒去，美枝姊姊要不要跟我們去看看。」文雄邀美枝。

美枝認識阿政，因為他們開「代做功課股份有限公司」時，她常常擔任照顧阿政的小保母。

「那家托兒所叫什麼名？」

「櫻花之子托兒所。」

「這名字不錯。」

「只是名字好。」文雄說話像個大人。

走啊走啊，走了將近十五分鐘才到達托兒所。

塗白漆的木柵欄圍牆低又矮，牆裡有運動場、有遊戲室，什麼都很迷你。小小的攀登架，小小的砂坑，整棟建築物，還不到小學裡的兩間教室合起來那麼大。攀登架上有三、四個孩子，砂坑裡也有四、五個。還有吊在單槓上玩的。老師正在給一個孩子搖鞦韆。

「什麼都小小的，好可愛。」美枝說。

「咦，美枝姐，我覺得不是可愛，而是小得可憐。」

文雄又說大人話。美枝一注意，也覺得果然太窄小了。騎三輪腳踏車的孩子，沒踩幾下就到達運動場的盡頭，一回轉，差點兒沒撞倒正在玩耍的小朋友。

美枝想起自己上幼稚園時的情景，她老遠的每天由媽媽護送坐公車去。那幼稚園雖然比這些托兒所大許多，但人數也多了許多，玩耍的時候常常要擔心撞到別人哪！

「文雄，你是聽誰說這個托兒所太小的？」

「嘿嘿，是川井老師說的。」

「川井老師？噢，是智子的姊姊。」

他們說的川井老師，正在教室裡被一群孩子圍著講故事，阿政也圍在那兒。

悄悄探視一下隔壁教室，老師半蹲著，不知跟玩大積木的孩子們說著什麼。

兩位老師的身影，跟背著小娃娃扮家家酒的小孩子身影重疊起來，美枝眼睛一亮，好像身子通了電一樣，腦子裡跳出一個結論——從前照顧幼兒的女孩子，等於現在的托兒所老師！不過，最大的不同是年齡。從前充當保母的女孩子，就跟現在的自己差不多一樣大，正是愛玩的年齡。而現在的托兒所老師都已經成人，不只會照顧幼兒，也會教他們一些事。

她繼續思考、繼續想像從前的小女孩是怎麼帶幼兒的。

在一片綠油油的草地上，當保母的小女孩讓寶寶坐著，比手畫腳教他：「拍拍手，張張口」，或是「敲敲自己的頭兒」。那不是除了照顧之外，也在教這教那的嗎？只是那教學是在遊戲中自然而然的進行，而不是刻意安排的。有時候在遊戲當中，幼兒會從小姊姊的背上被解下來，互相追逐，或蹲在地上看螞蟻排隊走路。

「對，現在的托兒所老師，等於是從前背幼兒的小女孩！」美枝對自己這個驚奇的大發現，覺得好興奮，身體一時都僵住了。

她無法把這個發現藏在心裡，急著要找人分享，所以當天晚上就給武男、秋子和明朗他們一個一個打電話。三個好友都誇讚她聰明、了不起！

這三位朋友又把話傳給芳枝和正彥。自從那次課堂上的發表會以後，這兩人已經成為他們的好朋友了。芳枝和正彥都很想去看他們所說的「石橋供奉塔」和扮家家酒的痕跡，於是約好下個星期天大夥兒一起去！

10. 什麼是野蠻？什麼是未來？

星期天，連同三郎和文雄，一共八輛自行車，浩浩蕩蕩朝著「石橋供奉塔」出發了。快到石橋的時候，帶頭的三郎遠遠地看到有人在攝影。

「嘿，三宮老師！」

「老師——您好！」大夥兒親熱地喊叫。

老師回頭，向大家揮手。

「老師，您在做什麼？」三郎煞住車子，迫不及待的問。

「我在蒐集資料，要做一個叫《我們住的地方——櫻花市》的補充教材，所以來看這座石橋和供奉塔。」

「如果要寫櫻花市的歷史，『扮家家酒的痕跡』是不是也包括在內？」武男興奮地問。

「哦，什麼是『扮家家酒的痕跡』？」

「我就知道老師根本沒發現，那是秋子帶我們去發現的。」三郎剛說完，文雄就搶著說：「第一個發現的是我！」

「噢，對不起，我忘了。對，是你才對！」

「其實也不算什麼『發現』，那東西本來就在那兒，而且那位婆婆也知道……」

老師滿頭霧水，不知道他們嘰哩呱啦說些什麼。明朗看著老師莫名其妙的表情，說：「總而言之，我們帶老師去看了再說吧。」

路上，秋子向老師說明前後經過。

「噢，這倒是第一次聽到，謝謝你們！」

到了神社，芳枝和正彥兩人趕忙上前去摸那凹痕，老師一邊撫摸一邊點頭，芳枝和正彥大叫：「真的吔，現在才知道，謝謝你們！」

老師忙著拍照，先拍下「扮家家酒的痕跡」，接著拍石燈籠。然後繞前繞後，拍攝神社各個角落和附近的景色。最後叫大家聚過來，坐在正殿前面的台階上，拍下一張紀念照。

大夥兒拿出背包裡的飲料和點心，就像郊遊一樣，一邊談笑，一邊吃起來。老師自己也帶了茶水和糖果來。

美枝告訴老師說：「我另外發現一件事，對我來說，是驚人的『大發現』喲！」

「哦，這麼了不起呀，什麼『大』發現呢？說來聽聽。」

「從前在這兒扮家家酒的女孩兒們，是現在的托兒所老師的祖先。」

「咦？請再說一遍。」

聽了美枝的解釋，老師頗有同感的連連點頭：「的確，的確是『大發現』，老師要當你們的學生了。這件事連同『扮家家酒的痕跡』，都可以收入我的書裡面嗎？」

「太好了，好棒喔！」美枝拍手跳了起來。

這會兒，換秋子跟老師說：「我在這兒輕搗花草的時候，感覺心情好輕鬆愉快。心裡想，從前充當小保母的女孩兒們，如果心情也像我一樣輕鬆愉快，那就不能簡單一句話，說『從前是野蠻的』，不是嗎？武男認為『現在也野蠻』，我想加上一句『從前也不野蠻』，你們認為呢？」

芳枝同意說：「對，我也這麼想。花忍者的父母和村子裡的老人家，以及他的朋友們，都是有愛心的。怎麼能說他們野蠻？過去這樣，現在也一樣啊。」

老師說：「我也有同樣想法。每個時代，都有不同的優點和不合情理的地方。要看是優點多呢？還是不合情理的多？總不能隨便說是『野蠻』，還是『不野蠻』。人類的社會，一直都有野蠻的事兒存在，不過也一直都在努力如何互相疼惜、愛護。從前的兒童保母想玩卻不能玩，所唱的搖籃歌有很多聽起來可心酸呢！現在有托兒所，不能不說是社會的進步。雖然進步的過程曲曲折折，但大致來說，還是不斷在進步。這是老師個人的想法。」

秋子忍不住說出心中的一項疑問，說：「花忍者那個時代，靠種花不能生活，現在已經變得可以生活了。這是為什麼呢？」

「這，很難用三兩句話回答你的問題，不過，我可以說出我自己的看法給你參考。」老師說，「第一，從前的人除了有錢的商人和大官兒之外，普通老百姓都沒有多餘的錢可以買花，現在一般家庭都買得起了。另外，就是從前滿山遍野都長著不用花錢買的野花。」

老師像在用心想，一字一句的說，「第二，有心栽培花的人，不會直接把野花兒移植到家裡來，而會努力研究，如何把花兒養得更好、更美。現在花店裡賣的花，就是經過長久的歲月，慢慢研究、改良所開發出來的。如果培植的花跟野花兒沒有兩樣，誰願意花錢買呢？」

「說的也是。」秋子頷首。「長久的歲月」這句話給她留下很深、很深的印象。

過了一會兒，正彥忽然問：「老師，您認為什麼叫『野蠻』呢？」

「這……」老師喝一口茶潤潤喉才說：「你爸爸說的，『要說野蠻，那場戰爭最野蠻了。』這句話我很贊成。想到有人跟我同樣想法，聽了特別感動。我對二十世紀發生的野蠻行為，比對從前的事更痛心呢！其中最最野蠻的是，日本對中國和東南亞的侵略戰爭。舉個例子來說吧，日本軍隊在南京，殺了很多很多非軍人的無辜老百姓。」

「可是，我的伯父也戰死了呀。」芳枝說。

「不錯，日本兵也死了不少。老師的大哥就是其中一個不幸者。這是我們自己的日本國把我的大哥和芳枝的伯父送去戰場的啊！這件事很值得大家思考、研究。」老師說，「那場戰爭只是世界大戰的一部分。另外，在同一個時候，跟日本聯盟對抗英、美各國的德國，也做了非常非常野蠻的事，他們把猶太人集合起來，關在瓦斯室集體毒殺。被毒死的人只因為是猶太人就遭到殺害。」老師停了一下，又繼續說：「還有一件野蠻事，那就是投擲原子彈，美軍在廣島和長崎兩地投下原子彈，一眨眼就死掉二十多萬人，整個城市也被燒成一片焦土。」

大家都不說話了。初夏的暖陽從樹葉間灑落下來，每個人都陷入沉思中。

正彥終於打破沉默，說：「老師，您這麼說，是不是認為現在比從前更野蠻呢？」

「這，真的很難用三言兩語回答你。不過我剛剛說過的，大致來說，我認為人類的歷史，是一部學習教訓、逐漸覺醒的歷史。」

老師又喝了一口茶，說：「我相信人類有超越野蠻的潛在力量。前些天武男在討論會的時候提到，江戶時代老百姓遇到大官出巡的隊伍，就得鞠躬行禮；甚至要對運茶的官差跪拜。人類慢慢發覺這種事不合理，所以現在就沒有這種怪事兒了，不是嗎？」

老師從提袋裡掏出記事本，一邊看著一邊繼續說：「法國有位很有名的作家卡繆（Albert Camus）。在美軍投下第一枚原子彈（一九四五年八月六日）的第三天，就在報上發表一篇短評，篇名叫〈廣島〉。他說，報紙、電台都喧鬧得要翻天，其實簡單一句話：人類的機器文明，已經走到野蠻的極端了。老師這些話，是不是深了一點兒？」

「嗯，很難吔！」三郎說。

「是很難，不過大概的意思我能了解。」武男說。

「好吧，那我就繼續說啦。那時候，跟日本作戰的美國和歐洲各國，對投擲具有超級破壞力的原子彈，一定做了許多肯定的報導。但是，羅馬教廷的報紙卻嚴厲批判使用原子彈這件事。卡繆說，投下原子彈，人類學到了什麼？就是知道一顆足球大的炸彈，能夠瞬間毀滅一個中型的城市。現在我們大家閉上眼睛，想像一個比櫻花市更大的城市，在一眨眼的時間裡被炸毀，幾十萬人一下了死掉，幾十萬人受傷……」

老師把眼睛閉上，大家也跟著閉上。

「呀！好可怕喔——」芳枝叫起來，大夥兒睜開眼睛。因為剛剛的想像太可怕，臉都泛紅了。

老師開口說：「卡繆認為原子彈的發明，是野蠻的極端。意思是說，使用原子彈，人類真是無可救藥了！老師也這麼想。上一次正彥說『野蠻就是違反人道』，秋子也說『野蠻就是不懂得疼惜人類』。從這個觀點來看，原子彈確實是最野蠻的武器，而使用這武器也是最最野蠻的。卡繆就是發覺了，所以想和這個野蠻搏鬥。人類也確實有這樣的能力。同樣是人，但人與人之間一直存在著某些不公平與不合理。不過人類會逐漸改進，也一直都在努力調整。這是老師的想法和看法。」

三郎覺得道理很深。

美枝說：「兒童保母變成托兒所的老師，也是逐漸改變出來的囉！」

武男也說：「人類花了長久的歲月，才培養出美麗的花朵，這也是『逐漸』的，對不對？」

「對，雖然是逐漸的，但是創造出來了。」老師說，「寫《花忍者》那本書的我那位朋友說過一句話，他說：『空等，等不到新的未來。什麼都不做的話，未來只會是現在的延續。』」

「是啊！空等，等不到新的未來……」大家在心裡咀嚼，「未來是要創造的！創造未來！」

每個人都亮起眼睛，露出會心的微笑。

（原註：卡謬的〈廣島〉是參照一九五二年七月號的《中央公論》雜誌。原爆的死者數，是指一九四五年底的死亡推定人數。相關資料參考《廣島年表》［中國新聞社一九九五年七月出版］中的一九七六年十月六日的「被害調查」一項，及《被爆的真相和被爆者的實情・一九七七年NGO被爆問題研討會報告書》［日本準備委員會編輯，朝日晚間新聞社發行］。）

第三章　跟著咱們的海盜旗走

1. 校刊編輯部

日子一天一天過去。有一天中午午休時間，美枝向武男道出心裡一直想說的話。

她說：「你知不知道我們櫻花崗的托兒所好窄好窄，建築物老舊，連一架鋼琴都沒有，小朋友太可憐了。」

「我們才可憐呢，不可以在運動場跳繩、不可以打躲避球，新規定一大堆，誰可憐我們？」

因為附近又多出一個新社區，學校的學生人數突然多起來。

這時，三郎走過來說：「嗨，談什麼？我想邀你們加入校刊編輯部，怎樣？現在正在徵募新人。」

三郎五年級的時候曾經加入校刊編輯部，後來因為組織「代做功課股份有限公司」而退出。不過公司結束以後，他又開始常常回去編輯部見老朋友們。

「校刊編輯部的指導老師是……？咦，是不是三宮老師？」美枝偏著頭問。

「對呀，開學後沒幾天，校長在朝會上發表的。」三郎說。

「是真的啊！武男，我們一起參加好不好？」美枝興奮的說，「有三宮老師指導，一定很有趣。」

那次美枝跟著一班的武男他們一起做「櫻花崗的過去，現在，未來」這個課題後，她就很喜歡三宮老師了。

三郎說：「總編輯也換了二班的町田克仁。克仁人很有趣，所以我想再加入。」

「可是，為什麼現在這個時候招人呢？」武男覺得奇怪，開學已經有一個多月了，編輯部應該早就組織好了，怎麼落到現在還在招人？

「那是因為要增加校刊的期數。」三郎說，「過去一年才出刊沒幾次，現在要改為一個月出刊兩次，是半月刊，當然得增加人手了。這個消息登在布告欄喔。」

「走，我們看布告去！」

學校各種活動的布告，貼在最靠近操場的校舍中央走廊。武男，美枝和三郎一塊兒跑過去。只見佈告欄上五花八門，有乒乓球賽的日程表，也有攝影展覽的海報。三郎指著右邊一張最大的海報說：「在這兒！」美枝跟著他跑過去。就在布告欄前面，有四、五個學生聚在一起，其中一人突然伸出一條腿來，差點兒把美枝絆倒。

「討厭，幹什麼嘛！」美枝急急跨過去，大叫。

「咦。沒幹什麼呀，我只是伸出我的腿。」那個叫伸雄的男生嘻皮笑臉地說。個子高大的光平站在後面嘻嘻笑著。

「沒幹什麼？差點兒害人摔跤，還不快道歉？」美枝很生氣。

「嘻，還不快道歉？還不快道歉？……」旁邊的幾個男生起鬨，學著女生的聲音怪腔怪調地取笑。

編輯部招募

「閉嘴！你們這些人。」武男怒喝，兩手握緊拳頭。

「走吧，老伸，都是你，愛惹事！」光平吆喝那個惡作劇的男生。

一群人才大搖大擺地走了。

「太差勁了！」三郎看著他們走開的背影，忍不住痛罵了。

美枝像是要忘記剛才的不愉快，認真地念起徵人啟事來：「櫻花小學校刊從六月開始，將改為每月發行二次的半月刊。為了充實和發展半月刊，希望有才幹的人踴躍應徵記者和編輯人員。」

「怎樣叫有才幹的人？」三郎問。

「有才幹的人就是會做事的人。」武男解釋。

「不讓人家做做看，怎麼知道是有才幹沒才幹呢？」美枝說。

「沒關係，那不過是修飾詞罷了。如果只寫徵求人員，就不夠分量啦。」總編輯克仁帶著三個編輯從後面閃出來。

「幹嘛躲在角落聽人家講話？」

「對不起，我們太好奇了。我們都急著想知道什麼人會來應徵。像美枝跟三郎、武男這樣有才幹的人，我們非常歡迎！」

「哦，是嗎？『有才幹』三個字加在我們身上，恐怕也是修飾詞吧？」

「不不不，那是真的。」克仁趕緊搖手說，「還有，剛剛我們看到你們一點兒都不怕那個小太保光平，我們編輯部正需要像你們這樣有正義感的人。不過，有個祕密……」克仁攤開雙手，把他們三人攬住，悄聲說：「告訴你們老實話，因為去年的校刊編輯上了六年級就紛紛退出去，都說要讀書，要用功去了。拜託你們參加好不好？三郎，你是老資格，一定得再參加喔。」

總編輯說得這麼誠懇，他們也不好意思推辭了。武男看看美枝跟三郎說：「怎麼樣？加入吧？」

「我本來就打算要再加入的。」三郎挺胸回答。可是，最先問武男要不要加入的美枝卻不說話了。

「怎麼啦？美枝。」

「我擔心我媽不肯讓我參加，她要我用功念書。」

「唷，怎麼突然不像美枝了？你不是挺勇敢的嗎？告訴你媽一定好好用功，但也要讓你編校刊。編校刊決不會影響功課啦！」克仁熱切地說服美枝。

美枝抬起頭，拿定了主意說：「好吧，我試試看。」美枝當然知道媽媽不好說話，可是她實在不想成天一味地念書，太沒意思了。她希望讀書之外還能做點兒別的。於是，美枝積極起來說：「我們找秋子、明朗跟宏仁他們統統來參加好嗎？」

*

星期六下午，編輯部的會員聚集在六年一班的教室開會。

學校規定，凡是四年級以上的學生，有興趣的都可以參加，所以會員有大有小，武男的弟弟文雄跟宏仁的弟弟健仁都參加了。可是宏仁、秋子和明朗卻不在裡面。

宏仁告訴武男他們：「我想還是不要參加比較好，因為我正在考慮，是不是應該開始用功讀書。」他停了一下，露出一臉深思的表情，「珠算既然沒有用了，我除了念書以外還有什麼路子好走？只是，就是念了書，家裡沒錢也上不了高中啊。」

武男他們也不知道該怎麼辦。不過，宏仁每天還是繼續上珠算補習班，因為珠算老師告訴他們說，雖然電子計算機問世了，但是做小生意的小公司買不起昂貴的電子計算機，珠算不會立即被淘汰的。所以，宏仁既學珠算又念書，更沒時間了。

提起電子計算機，秋子也很懊惱，說：「我哥哥一直心情不好。天天激勵我，無論如何非念大學不可。說現代女博士、女科學家多的是，叫我一定要更加努力用功！」

明朗也同樣有一肚子苦水，家人逼他非更努力用功不可！

因為如此，所以，一班的教室裡見不到宏仁、秋子跟明朗三個人的身影。

「大家都好辛苦！」武男想，「只有爸爸最特別，不但不逼我，還說：『上了初三就不能不努力用功讀書，在那以前還是把身體鍛鍊好要緊！』真是不可思議。媽媽雖然偶爾也會問我：『功課寫好了沒有？』可是也並不擔心我的成績，也許媽媽太忙了，沒時間逼我。」

武男獨自沉思著，坐在旁邊的美枝用手肘碰一下他的脇邊說：「老師來了。」

三宮老師笑嘻嘻地走進桌椅排成「ㄈ」形的六年一班教室，坐在正中央的主席克仁站起來說：「今天要討論的是：我們要編一份什麼樣的校刊？現在我先分給各位一人一張去年的校刊，請大家先看看。也許去年的有人每期都看過了，我們就來檢討去年的內容，各位有什麼感想，請多多發表。」

將近三十個孩子，其中有二十個是新面孔，一齊低下頭看桌上的舊校刊。

三宮老師也在窗邊兒的桌子上，攤開了一份舊校刊。

2. 小太保．光平

「老實說，我覺得我們的校刊一點兒也不有趣。」三郎第一個發言。

「請說理由。」克仁說。

「就像在開班會一樣，不是說不要在走廊上亂跑，就是說不要亂丟紙屑，不要拿樓梯扶手當滑梯，不要……都是教訓人，不是嗎？」

全教室學生都笑出聲來。

「有！」一個老會員舉起手。「我不明白三郎同學是什麼意思，難道請大家守規矩、做好學生不對嗎？他的意思是不是說，做學生可以不守規矩？」

「我沒有說可以不守規矩啊，我只是說教條式的校刊，我不欣賞！」

「不欣賞，為什麼退出去又要加入呢？」

美枝站起來，說：「要不要加入是個人的自由。沒有人說過去的校刊一定好啊。」

「可是，你們！你們有沒有想到我們編一份校刊有多辛苦？這樣被人指責批評，誰吃得消嘛！」

「請大家安靜，」克仁比著雙手站起來說，「我要站在主席的立場說幾句話，我認為三郎同學並沒什麼惡意，他只是坦白說出了他的感想。」

可是老會員們似乎仍然很生氣，有一個憤然站起來說：「那麼什麼樣的校刊才是好的，請說出來，大家領教領教啊。」

主席不慌不忙說：「是的，我們今天要討論的就是『什麼樣的校刊才是好的？』按著座次，請各位發表高見。」

克仁控制會場非常老練，武男打從心裡欽佩他。

三郎跟美枝都主張把校刊編得有趣一點，新的會員們也都贊成，可是老會員們不妥協。

他們說：「什麼叫有趣？難道要刊載漫畫不成？我們的校刊主要是報導兒童自治會的決議。大家都知道，兒童自治會討論的都是正經事，難道不要刊登他們的新聞？」

主席問大家，除了自治會的消息以外，還有什麼可以寫？

沒有人回答。

於是主席指名三郎說：「三郎同學，要是讓你寫，你要寫什麼呢？」

「寫新聞嘛。」

「什麼樣的新聞？」

三郎搔搔頭，一時答不下來。老會員馬上嗤嗤笑著說：「哼，只會說大話，還不是想不出來！」

三郎感到很窘，忽然靈機一動，衝口說：「寫『把學校跟家庭都當做地獄』這句話。」

全教室又笑開了。

「這話是哪兒來的？」主席問。

「石川老師說的！」除了三郎回答外，還有好幾個跟三郎同班的學生異口同聲地回答。其中有一個大聲嚷著說：「別開玩笑了，真寫出來，不被石川老師罵才怪哩。」

主席不知該怎麼回答，一臉困惑的看三宮老師。三宮老師告訴他說：「你現在先不用管寫不寫這一句，先請大家繼續發表，其他還有什麼可以寫的？待一會兒再做表決。」

文雄跟健仁說，他們希望能把「櫻花之子」托兒所太擁擠的情形報導出來。輪到美枝發言，美枝說：「我真希望能把到處惹事的壞學生集團舉發出來。」

「寫出來他們會找我們算帳的！」

「同時，舉發他們也有點可憐，萬一被他們的父母看到了，叫他們怎麼辦？」

「他們可憐，被他們欺負的人不是更可憐嗎？」

「寫也沒用的。」

「要揭發在校刊上，不如直接告到老師那兒去。」

三宮老師忽然開口說：「不，直接向老師告狀並不是個好辦法。要是我的班上有個小太保，我雖然會罵他，但是在我看不見的地方他還是會做壞事。所以對付這種學生，應該在學生自治會或班會上檢舉他們。被檢舉的新聞刊登在校刊上，大家一起監督他們，對他們應該有很大的遏阻作用。」

輪到武男發言。武男說：「我要寫讀書和升學考試的問題，為什麼非考試不可？」

「笑話，不考試誰要讀書嘛！」有人在一旁竊笑。

武男回頭，朝著笑他的那位同學說：「為考試而讀書，最差勁！」

*

編輯的工作開始了，上次開會時武男他們提出來的意見大半被採納，老會員們也不敢再固執了。

不過，三郎提出的「把學校跟家庭都當做地獄」這句話，因為三郎本身都說不出所以然來，所以大家決議暫時不刊登。

三郎直說：「告訴你們，我們的心裡有地獄，你們都不相信。還有，還有，讀書和儲蓄是一樣的。」

「請你說得更清楚些好嗎？」主席說，「讀書、儲蓄和地獄三者之間有什麼關係呢？」

三郎心裡明白，可是不會解釋。他以為自己上回想通了，卻說不出所以然來。三宮老師插嘴說：「這個問題太難了，我們的校刊也要給家長看，要他們真正了解這一句話的含意恐怕不容易，我們暫時不要提吧。」

三郎有點不服氣地說：「主席，等我想好了，能寫出來，你得採用喔。」

那天晚上，三郎拚命絞盡腦汁想把他心裡的感受寫出來。寫了半天，忽然想到，這不是在練習作文嗎？不過他很高興，練習這作文還挺有趣的！

同一時間，武男也在絞盡腦汁。他的構想是從「未來」的眼光檢討現代的孩子讀書和升學考的問題。他要蒐集相關資料，然後假設一個未來人，從時光隧道裡跑到現代，問現代兒童讀書和考試的情形。他要把它編成連載故事，每期刊登。

主席聽了興奮極了，直嚷：「這個故事一定會大轟動，問題是要用什麼標題，誰能幫武男想出一個最能吸引人的標題？」

武男更是坐不穩了，亮著一對大眼睛，抓著文雄跟健仁嚷著說：「快想，快想，假設你們也是未來人，拿未來人的眼光來看現代，很多事情都是很古怪的！」

可是，美枝卻偏著頭，靜靜地想著她所提出來的「壞學生」問題。她想，如果未來的兒童世界沒有「壞學生」，那麼拿未來人的眼光來看現代的學校那些「小太保」，不是很野蠻嗎？可是，想那不實際的未來有什麼用？目前有很多孩子正受小太保們欺侮呢。

由光平領頭的一群小混混，最喜歡拉扯女生的辮子，掃地輪班他們也不去掃。

一班的女生常嘀嘀咕咕說光平他們的壞話，可是要她們說得更具體一點，大家就住口了。

有些受過欺負的女生怯怯地說：「我怕說出來會遭到報復。」更怕事的人甚至說：「根本沒有人在霸凌啊！」

武男跟光平雖然同班，但光平不敢惹武男，所以武男不十分清楚他們的惡行。不過很顯然的，光平比五年級的時候更蠻橫，小嘍囉也多了好幾個。

一個膽小的男生說：「我才不敢在班會上舉發他呢，還是保持緘默安全些。」

沒多久，事情發生了。

有一天，光平跟伸雄兩人把志明帶到校舍後面沒人的地方，威脅他說：「明天帶五十圓來給我們，不帶來就把你的書包丟到水溝裡。」

「憑什麼要給你們錢？」志明鐵青著臉問。

「不給是不是？」光平說著一把揪住志明的胸口。

剛好，秋子打那兒經過。「不要這樣，光平！」

伸雄回過頭，「啪」地一聲，給了秋子一記耳光。

3. 不跟小太保說話

秋子摀住臉。

她從來沒有這樣被人欺負過。一個班上，總有幾個沒被混混欺負過的學生，她就是其中一個。同學們都尊敬她，壞學生也對她客氣三分。另一方面，總有幾個經常被人欺負的，志明就是其中的一個。

武男和秋子，都屬於不被欺負的一方。尤其是秋子，在她的記憶裡，她從來沒被人打過，除了很小很小的時候，被媽媽打過屁股。她的兩個哥哥也很愛護她。

秋子滿臉通紅，但並不是被打紅，而是氣紅、羞紅了。她撫著臉頰，忍不住大聲叫起來：「欺負弱者，你們算什麼男子漢？」

「喲，講話口氣倒挺像個老師呢。」伸雄先是嚇一跳，接著竟又賞她一記耳光。

秋子氣得渾身發抖，咬緊牙齒說：「要打儘管打！可是不許你們威脅志明交出五十圓！」

「什麼？哼！在老師面前裝優等生，背地裡還不是替人家做功課，賺取不正當的錢？妳有什麼資格罵我們？」光平諷地說著，兩眼直視秋子的臉。

秋子一愣，原來光平他們看不順眼「代做功課股份有限公司」的人，怪不得最近常來找他們的麻煩。

秋子想到，自己在他們心目中已經不是好學生，而是跟他們一樣的壞學生了。他們對本來敬重的秋子一群人，也開始不客氣了。

光平嘿嘿笑了兩聲，放開揪住志明胸口的手。志明趁機要逃走，伸雄跳過去，一把逮住他。

突然，背後有人叫：「快逃，秋子快逃！」是明朗的聲音。

明朗叫著衝過來，跳到伸雄跟志明兩人中間。伸雄跟光平兩人的拳頭馬上揮向他，明朗一邊招架一邊繼續喊叫：「快逃，秋子快逃！」志明趁機逃走了。

秋子愣愣地僵立在一邊，她不敢相信平時忠厚老實的明朗，竟然有這樣的勇氣。

明朗當然打不過他們。眼看著明朗快被打癟了，秋子突然拔腿往運動場的方向跑，她要去找宏仁跟武男，他們兩個一定會救出可憐的明朗。

可惜還沒找著，下午第一節課上課鈴響了。秋子只好跑回教室，可是教室裡不見光平、伸雄跟明朗的影子。秋子又衝出教室，剛好武男跑過來。

「怎麼啦？秋子，看你慌慌張張的。」

「明朗被光平跟伸雄圍毆呢。」秋子剛剛說完，光平跟伸雄「哼！」一聲，搖搖擺擺從他們旁邊擦身走進了教室。三宮老師緊跟著也來了。

「咦，你們怎麼不進教室呢？」三宮老師問。

「我不想上課！」秋子頭也不回地回答。剛好看到明朗從走廊前面的拐角走出來。

「明朗！」秋子哭叫著跑過去，三宮老師跟武男也跟著跑過去。

「怎麼啦？快說！你們不說，老師怎麼處理呢？」三宮老師看看抽泣的秋子，又看看臉頰紅紅腫腫的明朗。

「不要，不要……」秋子哭得說不出話來。

「沒什麼。」明朗冷冷地說。

「為什麼不說？打架了是不是？清清楚楚地寫在你的臉上喔！」

「不是打架！明朗才不會跟人家打架呢。」秋子說著要跑開，她要跑到沒人的地方放聲大哭一場，可是三宮老師一把抓住了她的肩膀。

「秋子，不要使性子，要哭到教室裡哭去！把哭的理由說出來再痛痛快快地哭！」三宮老師兩腕抱著明朗跟秋子的肩膀走進教室，武男也回到自己的座位。

秋子坐下了還繼續哭著。三宮老師不說話，全教室靜靜的，只有秋子的哭泣聲在凝重的空氣裡迴盪。

「我們班上有壞學生，」老師慢慢地開口，低聲說，「秋子被壞學生欺負得哭了。」

「秋子不是被人欺負而哭，是太不甘心，太不甘心了。」明朗指著光平跟伸雄說，「壞學生就是他們兩個！他們欺負志明又打秋子，也打了我。我不要跟他們同班，我不喜歡跟小太保一起上課！」

「咦，誰又喜歡跟你同班？」光平氣咻咻地回嘴。

「老師，」武男舉起手說，「我提議把這一堂課改成班會，我們必須想辦法除掉班上的壞學生集團！」

「不必向我提議，你應該徵求大家的意見，如果大家贊成，老師照辦。」

武男環視大家說：「贊成的人請舉手。」

零零落落，有人舉起了手。一數，只有十二人，全班四十八人，只有十二人舉手。

武男很生氣，說：「你們太沒用了，全班四十八個人，竟怕只有四五個人的光平他們啊？」

班長正彥站起來，他是贊成的一個。他說：「我要反問大家，不贊成改開班會的人請舉手。」

只有一人舉起手，那是太郎。

看到太郎舉手，光平跟伸雄慌慌張張跟著他舉起了手，其他又有三個人也舉起了手。

「贊成開班會的共有十二人，不贊成開的有六人。」正彥說。大家頷首。

武男覺得很感動。記得剛升上五年級時，正彥還是不太能幹的班長。但是，自從發表「野蠻」題目的課題之後，正彥變得積極勇敢了。

「先請明朗同學向大家說明。」正彥說。

「我來說明！」停止哭泣的秋子霍地站起來，把剛剛在教室後面的事情一五一十地說出來。當她提到志明兩個字的時候，全班學生的頭都轉向志明。剛剛表決時，志明舉手反對開班會。

「……明朗沒有還手，只有挨打的分，他牽制他們，我跟志明才有機會逃走。」

「光平，秋子沒說錯嗎？」主席正彥問。

「沒說錯又怎樣？」光平橫著眼睛瞄了一下靠在窗邊靜聽的三宮老師，不屑地回答。

三宮老師沒說話。

「罰他們掃地好了。」有人悄聲說。

「那樣我們的教室只會更髒，他們絕對不會認真的。我認為大家不要理他們，不要跟他們說話，孤立他們最好了。」武男說。

正彥問：「他們是指誰呀？除了光平以外還有誰？」

「光平跟伸雄嘛，還有，」武男猶豫了一下說，「欸，就是他們兩個嘛，他們不向志向、明朗跟秋子道歉，我們統統不跟他們說話。」

「還有沒有其他意見？」

「有，」明朗站起來說，「光這樣處罰他們，恐怕他們還會欺負人。萬一有人被他們欺負，請大聲喊叫，我們全班去對付他們。還有，回家的時候最好不要單獨一個人走。」

武男跟明朗的提議，大家都贊成了。但能有多大效果呢？沒有人有把握，大夥兒我看你，你看我，都露出不安的神色。

武男回頭看太郎。太郎肥胖的身軀擠在小小的座椅裡，旁若無人地低頭寫著補習班的作業。

4. 驅逐小太保

「欸，有道理，我們利用校刊來發起『驅逐太保學生運動』！」克仁興奮地拍一下桌面站起來說。

「什麼是『運動』啊？」三郎問。

「這是英語的翻譯。所謂運動，就是一種挑戰，可不是指體育喔。像戰爭一樣，我們就要跟小太保打仗！每個學年和班級，大概都有太保學生，我們就是要和他們對抗！」

「好，我贊成！」宏仁的弟弟健仁很高興地說，「我們班上也有欺負弱小的人物！」

跟健仁同班的文雄說：「其實我有個好辦法……」

「喲，你的腦袋瓜能想得出什麼好辦法？」武男揶揄他。

「欸，哥哥怎麼可以嘲笑弟弟呢？」美枝護著文雄說，「不讓他說說看怎麼知道？不要小看人家，說不定他真有好辦法呢。」

主席聽到了，說：「對，你不讓人家說出來，怎麼就知道他的辦法不好呢？你說說看，文雄同學。」

「我想，除了校刊外還應該做海報。因為編輯校刊不用這麼多人，沒有工作的人可以做海報。每人做一張，寫『驅逐小太保』，『不要跟小太保說話』！」

「欸，很好，的確是個好辦法！」克仁又拍了一下桌面說，「好，我們這就開始進行工作。畫海報比較快，可以先出海報再出校刊。校刊至少要一個星期的時間來徵稿，也得請校長寫幾句話，還要請老師談談壞學生擾亂上課秩序的情形，以及……」好像有千頭萬緒的事要辦呢。

「還有，如果能請光平談談他的感想，那一定更有趣。」武男說，「我們還可以登出他的照片。」

「好哇，」主席看著武男的臉說，「但看你有沒有辦法採訪他。」

武男搔搔頭，有點為難。「我陪你去！」美枝自告奮勇。

「好，那我們就試試看！」武男說。

「要不要借『防彈衣』給你們穿著去啊？」克仁一句輕鬆話，引得全會場哈哈笑。

*

第二天，武男不忘注意看志明的行動。志明顯得很不安，時時偷眼兒看著光平他們。

放學後志明第一個衝出教室。武男向正彥使個眼色附在他耳邊說：「不會出問題吧？」

「問題？」正彥愣一下，馬上會意，「哦，他呀？」他轉臉看正在背書包的光平跟伸雄。「我們尾隨一下看看。」

武男和正彥跟在光平和伸雄後面走出校門，秋子和明朗也跑來加入跟蹤的行列。接著，昨天開班會時贊成打倒壞學生的同學都紛紛趕了來，一大群孩子跟在武男和正彥的後面走。走出校門沒多遠，在一個分岔路上，光平跟伸雄突然朝著一條小路跑起來。

「他們想抄近路，包抄！」正彥說著帶大家從另一條路跑。

秋子跟明朗突然站住，兩人對看著。秋子先開口說：「我不喜歡用這種方法。壞學生也有自尊，不是嗎？」

「也許。」明朗含含糊糊地回答。

兩人抬頭看天空，天上沒有半片雲，但兩人的心情都很沉重。

*

「在那兒，在那兒！」跟蹤隊伍裡面有一個人指著前面喊叫。

不遠處，三個孩子正穿過神社入口牌坊走進去，志明被光平跟伸雄兩人夾在中間。

「你們在這兒等著，我一個人先去看看。」武男獨自潛入神社境內，躲在正殿後面偷偷看他們。光平正說著什麼，武男趕緊豎起耳朵。

「昨天如果你馬上答應帶五十圓來，就不會發生那種事，害我們被羞辱。所以應該處罰你，明天帶一百圓來！」

「不帶來就給你顏色看！」伸雄的手重重地拍搭到志明肩上。

「咻！」武男吹了一聲口哨。

光平跟伸雄慌慌張張四處張望，可是看不到人影。

兩人正要解下志明背上的書包，耳朵裡突然聽到一群人跑步的聲音。回頭一看，正殿右側跑來了五六個同班同學。

霎時，兩人的臉色都變了。正想往左側逃走，左側立刻又跳出五六個同學。光平看到前面是正殿的牆壁，後面又是外圍的石牆，知道沒地方逃了，大聲怒喝他們：「你們要怎麼樣？」

沒有人回答。大夥兒一步一步上前，把他們兩人圍了起來。

「要打？」光平揮起拳頭，武男在半空中把他的拳頭接住，說：

「我不想打架，只是想聽聽你說明，為什麼要欺負人？」

「不用你管！」光平怒沖沖地甩掉武男的手，拉著伸雄走了。

「志明，我們昨天決議，放學回家不要一個人走，你忘了？」正彥提醒他。

「謝謝，謝謝！」志明急忙點頭，很感激地看大家。

*

第三天早上，全校所有老師跟同學走到校門口都嚇了一跳，因為校門口豎了一張很大的海報看板，上面畫著有骷髏頭的海盜旗，還用醒目的大字寫著：

打倒太保學生，我們才能愉快的遊戲！
不要理太保學生，我們才能安心念書！

櫻花小學校刊編輯部啟

學校的走廊和教室裡，也貼滿了打倒太保學生的標語和海報，中央走廊的布告欄裡還貼了一張詳細的布告。

午休時間，克仁在播音室裡向全校學生播報校刊編輯部發起「驅逐太保學生運動」的消息：「各位同學，為了徹底抵制太保學生，請各班開班會舉發他們的惡行。團結就是力量，一個太保學生抵不過十個團結的好學生！請參加『不跟太保學生說話』聯盟，我們一定能戰勝！」

午休時間，武男和美枝到校園裡找光平。

這時候，光平和仲雄兩人貼靠在運動場旁邊的一面牆，呆望著運動場上嬉戲的同學們。武男突然從他們背後站出來說：「光平，我代表編輯部採訪組來訪問你，能不能給我們說幾句話？」

光平來不及避開，「呸」了一聲，瞪著他說：「你不是加入『不跟太保學生說話』聯盟嗎？還好意思找我說話？」

「那，我找你說話可以吧？」美枝從後面跳出來，「光平同學，我看你應該是個保護弱小的『老大哥』人才，為什麼要威風得叫人怕你呢？讓大家都怕你，有什麼好？」

「我只是不喜歡念書罷了，大家整天玩樂不是更好嗎？我這裡不行啦！」光平戳戳自己的腦袋瓜子。

「好奇怪，我聽你們班上的同學說，你是中等生，成績還不錯啊。」美枝說。

「就是因為中等才氣人。我老爸常罵我是傻瓜，為什麼不拿個滿分回來。我就是拗不過他啊！」他突然嘆一口氣說，「你們替我想想，成天被老爸嘮叨：『不肯用功，將來準考不上好高中。』叫人煩不煩死？要是你們，也一定吃不消的。」

原來如此，武男想，當小太保的光平也為幾年後的升學考試煩著。

美枝激勵他說：「光平同學，你只要稍微用功一點，成績一定會好起來的。」

「哼，我的成績好起來，就得有人壞下去。我要是擠掉別人，被擠下去的可就要倒楣了。父母看到孩子拿一張退步的成績單回去，不罵死才怪哩。」光平又「呸」地吐了一口口水。

5. 叫優等生道歉

「那，你是覺得被你擠下的同學太可憐？」美枝問光平。

「可憐？」光平奇怪地凝視美枝。

「是啊，我看得出你的心地很善良，只是你自己不自覺罷了。」

「喂喂，別哄我好不好？」光平好像有點害臊。

「心地善良的光平同學，為什麼欺負人呢？」美枝繼續問。

光平被美枝問住了，支支吾吾答不上來。他的表情，就是已經上鉤了。

光平環視周圍，這才發現不知什麼時候，他們已經被一群看熱鬧的學生圍住，逃也逃不掉了。

「告訴你們，功課好比功課壞高人一等，是不是？同樣的，欺負人比被人欺負也高人一等！」光平勉強吐出這句真心話。

光平說完，拔起腿就跑。伸雄急忙跟上去。

「大家兩手扠在胸前圍住他們！」克仁叫。

圍觀的學生們應聲兩手交叉，兩腳八字分開站穩，用人牆把光平跟伸雄團團圍住了。

兩人不得已停下來。伸雄突然抽動著鼻子哭起來。克仁上前大聲說：「光平，伸雄，快向大家道歉！向大家保證今後絕不再欺負人！」

伸雄馬上點頭，邊哭邊說：「我錯了，我對不起大家，請大家原諒……」

可是光平沒有半點懼色，兩手扠腰，瞪大眼睛怒視大家。他的樣子和美枝剛才說他「心地善良」判若兩人。

「光平，你不道歉？」克仁恐嚇他。

「我可以道歉，但是得過優等獎的那些人要先來向我道歉。他們也在欺負人！」

光平大吼一陣後，瞪大的眼睛裡突然滾出一串閃亮的淚珠。

大夥兒都愣住了。

*

那天下午放學後，克仁在校刊編輯會議上說：「我還是不懂光平的意思。」

「可不是。他要叫優等生向他道歉，恐怕是腦子有問題吧？」一個女生說。

「一定是急瘋了，我們大夥兒圍住他，害他急得語無倫次。」另一個女生說。大家都笑了。

「不要笑好不好？看你們笑，我可要生氣了。」武男說。

「欸，我也是，我好像能了解光平的心情。」三郎附和著武男。

「我也是。」美枝也表示同感。

「這麼說，是我們做錯啦？」一個跟著大家圍住光平的男生，不服氣地說。

「不，我們沒有錯，」武男搖頭說，「我們應該打擊太保學生。如果不是我們打擊他，光平怎麼會說出他心裡的話呢？」

「什麼心裡的話？能不能請你給大家說明一下？」克仁兩肘支在桌面上，雙手撐著臉問武男。

「該怎麼說呢？」武男心裡明白，但是嘴裡說不上來，吊著眼睛凝視天花板，吞吞吐吐說，「你們還記得不記得，開學那天三宮老師告訴我們二宮金次郎的故事。他說，凡是人都希望能受人尊重。我想光平也是一樣，希大家尊重他。」

「為了要大家尊重他，他就可以欺負人啊？」有人問。

「我的看法和武男不一樣。我認為光平體力和精力過剩，所以用欺負人的方式發洩。」

「欸，美枝說的比較容易了解。」有人說。

「可是，光是美枝的說法，沒辦解釋光平的話啊。」克仁說。

「對了！我想到一個例子。」武男亮著眼睛站起來說，「我們班上有個叫智子的女生，她姊姊從學生時代就立志要當托兒所的保母，現在就在『櫻花之子』任職。她很喜歡她的工作，可是待遇太差了。待遇差就表示，即使盡了自己的全力，也不受人尊重的意思吧。」

「嗯，有點道理。」克仁好像有些懂了。

但是，一個男生說：「我們開會，扯這些大人的事幹什麼？」

「大人的事跟小孩的事是一樣的。」

那個男生反駁武男說：「可是，我們不領薪水啊。」

「我們不領薪水，但優等生領獎品。光平的不滿就在這兒。」

克仁突然縮回支在桌面上的兩肘，坐直身子說：「哦，我知道了，光平不能成為『文秀才』，所以要當『武秀才』！」

「對，就是這樣！」三郎露出會心的微笑。

武男的腦海裡浮出一張學校的作息時間表——用鉛筆塗黑的格子是上課時間，留白的格子是下課時間，中間一道較寬的白格子是午休時間。黑格子裡面的優等生是秋子、太郎跟班長正彥他們幾個；白格子裡面的優等生是光平跟伸雄。

三郎激動地說：「像我這種功課不好的學生，在座位上提心吊膽地怕被老師指名問話，反看人家功課好的卻搶著舉手，唯恐老師不指名問他，怎叫人看著不眼紅傷心呢？」

「欸，我雖然不敢眼紅，但想到自己的腦筋比人家笨，也常常會傷心。」一個男生附和三郎。

另外有兩三個男生也露出黯然的神色。

「我不贊成三郎的話，」一個男生提出反對意見說，「美枝也說過，光平的功課並不很壞，不是他的腦筋不好，是他自己不肯努力用功。」

三郎跟幾個功課較差的同學面面相對，想不出話來反駁他。

美枝站起來說：「光平說了，如果他的成績好起來，就要有一個壞下去。倒楣的『替死鬼』準挨罵，好像他不忍心擠掉別人呢。」

「算了吧，不用功還找藉口！」

三郎突然臉色一變，站起來說：「你們有沒有替人家功課不好的人想過？拿一張永遠全是『1』或『2』的成績單，什麼樣的感受？自己懊惱還不打緊，下課時間還要受光平他們欺負……不可憐嗎？」

武男馬上明白三郎指的是可憐的志明。他想起大家在討論「野蠻」的問題時，志明很小聲的說：「現在也野蠻啊！」

「三郎，何必這麼激動嘛，我們可以幫助那個同學，同時幫助光平，讓他們都考一百分，不就得了？」武男說。

「哼，自己都考不了一百分，還想幫助別人呢。」三郎還嘴。

克仁也說：「武男，叫大家統統變成優等生是不可能的。因為五等評分法的成績單，是按照一定的比率定成績的。例如國語科全班只能有百分之多少的人可以拿『5』，同樣的，也有百分之幾的人會拿到『4』，所以也永遠有拿『1』的人，這是沒辦法的。」

「太欺負人啦。」

「有什麼辦法？這種評分法是偉大的學者們定的。」

武男哈哈笑起來說：「偉大的學者？我才不認為他們偉大呢。我記得拿最多優等獎的秋子說過，應該廢掉只有少數人能得到的優等獎，設立更多分科獎，例如社會科優等獎、理科實驗優等獎等等。每科都設獎，就有很多很多人可以得獎，可以得到鼓勵。」

「有道理！」克仁拍著桌面站起來，「我們就把武男這一段話登在校刊上。」

6. 天國之門

在武男他們開會的時候，宏仁和光平兩人在學校後門外的樹林裡見面。光平的身邊跟著伸雄；宏仁的身後站著秋子和明朗。

「約我到這兒來幹啥？」光平態度很傲慢。

「別裝腔作勢啦，我並沒打算像武男他們整你一樣，再給你一次難堪，我只是想跟你談幾句話。」宏仁笑笑地說。

「有什麼話好談？準備『修理』我是不是？」

「如果想『修理』你，早就在你最威風的時候修理了。要不是秋子跟明朗勸住我，我還能等到今天？不過，放心好了，我今天不打算修理你，只是有一句話，我聽了很不舒服，所以想問問你。」

「宏仁，坐下來說好不好？」秋子拉宏仁。

「好吧，坐下來比較能心平氣和，站著容易動手。」宏仁盤起腿坐到草地上，秋子、明朗、光平、伸雄都跟著坐下。

「你今天中午說了一句我們不愛聽的話，你說你被優等生欺負了？」

「沒錯呀。」光平以為宏仁是為了秋子抱不平來的。但很意外地，宏仁問他說：「你只想到優等生跟劣等生，為什麼不想想我跟志明這種人？」

「你跟志明？哪一種人？」

「不考高中的人。換句話說就是沒有錢念高中的人。」

宏仁的意思是說：如果按照光平的說法，劣等生受到優等生的壓力，那麼沒錢的人是不是也受著有錢人的壓力？所以他說：「我看你也未免太小心眼兒了，你只會拿優等生來跟你自己比，為什麼不拿我們這些既沒錢，功課又不好的人跟你比一比呢？」

光平默不作聲，兩眼直瞪著地面，一隻手亂抓著地上的青草，有點不自在的樣子。

光平的腦海中，映現出一幅「天國」圖。那是在一本圖畫故事書上看到的。天國有個大門，門外的人群像螞蟻，密密麻麻排著隊想擠進天國門。可是門邊有個嚴厲的門房守著，他負責檢閱人群，分出可以進去的和不可以進去的。他說：「只有生前做善事的人才可以進去！」

光平在這幅畫裡看到的自己，總是被趕走的「不可以進去」的一個可憐蟲。因為他生前沒做善事——沒努力用功讀書，考試沒得高分。

可是，剛剛宏仁說的，應該是除了「可以進去的」和「不可以進去的」人之外，還有一群根本沒資格到天國門前來排隊的人。他們很認命地站在遠遠的地方，揮動著鋤頭開墾那滿是石頭的河床荒地。

霎時，光平感到心胸開闊了。耳邊響起美枝問他的那句話：「心地善良的光平同學，為什麼喜歡欺負人？」於是慚愧地抬起眼睛，直視著宏仁說：「我想通了，宏仁同學。」

*

回家的路上，秋子說：「光平提醒了我們一個大家都沒注意到的問題。他說有一個人進步，相對的，就有一個人退步。」

「嗯，我也嚇一跳，過去都沒有注意。」明朗跟秋子發覺過去一直認為「理所當然」的這一件事，實際上並不合理。

他們兩人都不說話，但心裡想的卻是同樣的問題——四年後，如果他們想投考同一所高中，那麼現在要好的他們兩人也會變成競爭對手。當然他們會互相鼓勵，也會希望兩人都考取，但本質上互相是「競爭對手」的關係是不變的。

「我們這麼想，宏仁是不是會說，有錢可以念高中的人太不知足了！」明朗感慨良深地說。他看到宏仁怕來不及送晚報，急急忙忙趕回去了。

「不會吧！我……」秋子心裡很難過，她本來想說不要去補習班算了。但她嚥下去沒說出來，因為她沒忘記母親跟哥哥們對她的厚望，他們都認為要上補習班才能考上好高中、好大學，她不敢不上補習班而讓家人失望。

「正彥的哥哥說，有人在發起『高中免試運動』，你聽說了沒有？」明朗說。

「那太棒了。」

「可是高中以後還有大學入學考，大學畢業後又有就業考……」明朗又說。

秋子好像能看見一個正三角圖形在擴張，它的底邊是小學跟初中，高中入學考試刷掉一些，大學入學考又刷去一些，出社會後又一層又一層地刷下去，最後能爬到三角頂尖的，只剩下一個，他就是各種機構的「首長」。

想到這兒，秋子長嘆一口氣。不過，她突然想到三宮老師鼓勵他們的話：「大家來想統統能當『董事長』的方法，怎麼樣？」

秋子正想著，忽然聽到背後有人喊叫他們的聲音，原來是武男、美枝跟三郎追著他們跑過來了。

「怎麼啦？兩個人都沒精打采的？」武男看著他們說。

「我們正在想未來的未來。」

「變成祖母的時候？不會太早嗎？」

「討厭，人家想的是考高中的事。」秋子把剛剛光平和宏仁兩人說的話，以及他們正在想的事告訴武男他們。

武男笑著說：「這樣愛操心，當心頭上的煩惱絲掉光喲。」接著又一本正經地說，「我認為要想『全體當董事長』的方法以前，應該先想『全體考一百分』的方法。不過剛剛克仁說那是不可能的……」

「我們一起來想想看。」明朗建議。

「可是，你們不是都得上補習班嗎？」

「今天我不想去了。」秋子毫不遲疑地回答。

7. 成績單

「好久沒有這樣相聚了。」美枝看著圍坐在武男家餐廳的朋友們，愉快地說。

「真叫人懷念我們開『代做功課股份有限公司』的那段日子。」三郎看著牆上那塊寫過收入統計的小黑板說。

「你們又要開『代做功課股份有限公司』是不是？」放學回家的文雄衝著武男說，「讓我加入好不好？哥哥？」

「不是開公司，我們要討論問題，討論統統考一百分的方法。你還小聽不懂。快走開，別來吵我們。」

「哼，有什麼了不起！我的年紀比你小，腦袋可不一定比你差。教你們到哪兒找石橋的是我，上次驅逐太保學生用貼海報的方法，還不是我想出來的！」

「說的是，」美枝說，「為什麼不讓他加入呢？小弟同樣也希望考一百分啊。」

美枝一向護著文雄，就像以前開代做功課公司的時候一樣。

「有兩個問題。」武男不理會弟弟打岔，正經八百地說，「第一要討論的是：有什麼好方法能讓大家的功課都好起來。第二個要討論的是：五等評分法的成績單，能達到『5』的人數比率問題。」

大家都默不作聲。武男又說：「要討論這兩個問題，最好是用辯論的方法。誰願意充當反方啊？」

「什麼叫反方？」

「不贊成大家的看法，並且提出不贊成的理由，這叫反方。大家說同樣的話，提出同樣的主張，一點兒也不好玩，對不對？」

「嗯，有道理，」明朗說，「那就由我來當反方好了。」

鈴鈴鈴——電話鈴響。文雄推開椅子站起來說：「我去接！」

「我是文雄，噢，是克仁哥哥啊……我哥哥已經回來了，請你等一下。」文雄把話筒交給武男。

「哦，查出來了？『5』和『1』各七人……請你等一下，」武男回頭正想拿枝鉛筆和紙來記，文雄已經幫他送過來了。

武男很快地記好了幾行字，再掛上電話。

「克仁幫我們查出『五等評分法』的人數比率，他說要親自來給我們說明。」武男說：「克仁說他是從三宮老師那兒問來的。」

武男動手把剛剛記下的數字抄在黑板上：

「1」和「5」各七人。

「2」和「4」各二十四人。

「3」三十八人。

「假如全班人數是一百人，得分比率就像黑板上寫的。如果班上人數只有五十人，那麼比率人數就是一半。」武男說。

大家屏住呼吸細聽說明。秋子的心怦怦跳，心中暗喜自己的名次在全班五名以內，因為她的成績只有一項「4」，其他全部是「5」。

「原來如此，」三郎噘著嘴說，「怪不得上學期我特別用功，考試的分數也不錯，數學成績竟然從『4』掉到『3』，原來是別人進步，把我給擠下了。」

明朗說：「上學期大家都很用功，大家都進步了呀。」

「哼，我還是不服氣！拚了半天，分數多拿了好幾分，成績單上卻是一個退步的等第，誰有興趣再拚嘛！」

「我不贊成你的想法，」明朗說，「重要的是自己的實力。」

秋子聽到「實力」兩字，想起自己只留意名次，內心感到慚愧。

三郎說：「能按照實力填寫成績單分數就好了。」

「說了半天，到底『實力』是什麼呢？」美枝有點不好意思地縮了一下脖子。

「請稍為等一下，『實力』的問題我們待一會兒再討論。」武男說，「我的想法和三郎的想法一樣，如果努力用功讀書，考試得分增加了，但成績單上的等第卻退步了，那是沒道理的。」

「可是這是一種規定，無可奈何呀。」明朗說。

武男搖搖頭說：「如果規定是不合理的，可以改變『規定』呀。」

「問題是能不能改變『規定』。」秋子說。

「過去我們一直認為打倒太保學生是不可能的，但是我們做到了。還有更早以前，我們也請求過校長買地球儀，你們都忘了？」武男說。

「可是成績單的問題沒有那麼單純，那是文部省[14]規定的。校長可以幫我們買地球儀，可沒有辦法改變成績單的『規定』啊。」明朗說。

「那我們就去跟文部大臣說啊。」文雄插嘴。

14日本的文部省相當於我們的教育部，掌管學術、文化、教育和學校等事項。二〇〇一年起改稱「文部科學省」。文部大臣相當於教育部長。

「問題是大臣先生肯不肯接見我們小學生。再說，就算他肯接見我們，恐怕也會說那種『規定』是法律上的規定，他沒權力更改。」明朗又說。

「如果他不肯接見我們，我們可以用寫信的方式。」美枝說。

想像力豐富的武男腦海裡馬上映出文部大臣辦公廳信件堆積如山的情景——全國的小學生都給文部大臣寫「請更改成績單評分法」的信，郵差先生捧也捧不動，請來五六個助手，將一大把一大把的小學生信件堆進大籃子裡，把籃子裝得尖尖的，然後一個接一個抬著，一步一步地吃力爬樓梯，爬到文部大臣辦公廳，把信件倒在文部大臣的辦公桌上。很快的，辦公桌容不下了，信件像洪水一樣氾濫整個辦公廳，最後，連大臣都被不斷湧進的小學生信件淹沒了……

武男興奮地叫起來：「三郎，你不是說過寫信給電信總局局長嗎？」

「是啊，那是我爸爸教我寫的。」

前不久，武男他們看過三郎拿來的傳單，那是電信局員工工會印發的。三郎的父親是工會會員，他們為反對接線生被裁員向有關單位陳情，並讓家屬們寫信給總局局長，向局長施壓力，三郎就是這樣寫的。

三郎說：「本來我媽不贊成我寫，她說，反正人家知道這是大人教小孩子寫的，不會產生什麼效果。」

門鈴響了，文雄搶著跑過去開門，大家以為克仁來了，原來是「八百善」果菜店的森雄。森雄有氣無力地問大家：「你們的『代做功課股份有限公司』不開了嗎？」他看到餐桌上不像從前有參考書、作業簿一大堆，很失望，說：「有一道作業我不會做，叫人查什麼『憲法』的。」

「啊，是今天的作業！」美枝有點慌張地說。

三郎也緊張起來了，「對了！課本上有這麼一句：『日本國民希望世界和平，所以決定不參加戰爭。』老師叫我們查憲法，看它是在憲法第幾條。」

「不只這樣，我還得查國會的組織，向全班發表。」森雄一臉困惑，都快哭出來了。

「什麼時候要發表？」武男問。

「後天啦！」

「後天？」武男說，「放心好了，我們幫你查。」

武男的回答教秋子他們嚇一大跳。不過更意外的是，當森雄問：「要多少錢？」武男卻環顧大家說：「我們不要拿人家的錢，大家來幫森雄調查，解答這一個問題好不好？」

「贊成！」一直充當反方的明朗忘了自己的立場，第一個同意。

門鈴又響，這一次正如大家所料，克仁來了。

克仁坐到武男身邊，急忙向大家報告：「我問過三宮老師，老師說有極少數的學校沒採用『五等評分法』，但是用什麼方法他也不清楚。不過，他答應要幫我們查。老師笑著說：『就是知道方法，要怎麼運用，可是掌握在你們手裡喔！』」

8. 不同類型的用功學生

「什麼叫運用？」武男絞盡腦汁想，「三郎曾經給電信總局局長寫信。而我們這一群孩子對於目前的成績單評分法覺得不合理，為什麼不能寫信告訴文部大臣？」

武男又想，如果文部大臣被每天湧進辦公廳的滿坑滿谷明信片或平信壓得喘不過氣來，難道不會想辦法更改「規定」嗎？

「我要走了，」森雄站起來說，「明天再來。」

「等一等嘛。」秋子走到武男的書桌前面，在書架上找什麼。

「再怎麼不公平，也不能給文部大臣寫信啊，不太好吧?!」森雄停下來說。

只見秋子從書架上抽出一本《我們的憲法》，高興地大聲叫：「有了有了，找到了。」

秋子翻出一頁，一字一字念：「第三章『國民的權利及義務』。就是這一章，第十六條，請大家聽著，」秋子一停一頓地念，「數人……受損害……公務員什麼免，大概是被免職的意思吧……法律、命令或規則的制定、廢止以及修正等有關事項，國民有權利提出什麼願……噢，對了，大概是請願。提出請願不會受不公平的待遇。」

「似懂非懂，憲法這麼難真是要人的命！幹嘛不寫得讓小孩子也看懂呢？」三郎嘆氣。

秋子搬出辭典，大聲念：「請願……所謂請願就是一、強烈請求。二、國民對政府提出請求。」她念完了闔上辭典向大家說：「意思是說，如果國民對政府的一些規定或法律覺得不合理或不公平，有權利請求政府修正。憲法第十六條的意思大致就是這樣。」

「欸，我好像懂了。」大夥兒點頭。

秋子本身也跟大家一樣，只是「好像懂了」，並沒完全懂。

充當「反方」的明朗提出反對意見說：「小孩子恐怕沒有這種權利，因為我們連選舉權都沒有，怎麼可能有其他權利呢？」

克仁同意明朗的看法，「還有，要請願也一定有什麼規格或什麼程序，光是一封信，怎麼能請願呢？」

「這還不簡單，查一下就可以知道了。」秋子興致很高，但突然心裡一陣難過，想：我在這兒查這些東西是不是太浪費時間？我是不是應該到補習班上課才對？

武男好像猜中了她的心事，忽然說：「剛剛美枝問大家什麼叫『實力』？我想，像秋子這樣看得懂憲法就是有『實力』。」

大家點點頭。只有明朗有點不好意思地說：「對不起，我是反方，所以不能跟著大家點頭。先請秋子同學不要生氣，我要說，論『實力』，我們班上的太郎是不是比秋子強？」

武男忙回答：「我不同意，因為太郎或許能很順利地念出憲法第十六條，但他只會念，不會想。像那次大家討論打倒太保學生的辦法，他連半個方法都想不出來。」

武男的腦袋裡模模糊糊地好像能看見幾種不同類型的用功學生。克仁剛好幫他整理說：「有一種很用功的學生只念學校的課本，雖然學校成績好，但是不一定能考得上好高中，這樣的人叫『沒實力』。這是我聽學長說的喔。另一種人在學校成績並不在前幾名，但入學考試卻能考得很好，這種人叫『有實力』。不過剛剛武男說的好像又是另一種類型，應該叫『學以致用型』吧。」

這位櫻花小學校刊總編輯說話很老成，他喜歡跟一些比他大的中學生在一起，所以口口聲聲「學長」「學長」，話題很多。

他看看天花板，好像又想到了什麼，繼續說：「有位學長告訴我，他念的初中有夜間部，很多學生是大人。有一次他為了要給校刊寫有關夜間部的報導，去訪問一個夜校的大人學生，問他為什麼想念書？那個大人說是為了要考駕駛執照。」

因為他雖然會開車，但看不懂交通法規。要考駕駛執照的筆試，至少也要有初中程度的學識。

「這就叫『學以致用』吧？不識字、不會計算就沒有生活能力。」克仁下結論說。

武男好像明白了。他又想起剛開學時大家跟老師一起討論的「花忍者」那一則故事。當時太郎說：「茫霧谷的孩子為了生活，即使不喜歡，也不能不學鏢術、劍術，不能不學走險峻的山崖路。佐平只顧熱中於自己喜歡的種花，那是不對的。如果他真正想活命，那就不應該在接受考驗之前，還悠哉悠哉去埋種石蒜花的球莖，而應該利用大白天，趕快去練習走那條通往山尖上小廟的路。」

武男記得宏仁也說過，喜歡種花的佐平應該有活下去的權利，但是他認為太郎說的也有道理。就像花忍者不喜歡耍刀走山路也得學一樣，現代的孩子就是不喜歡認字和計算也得學習。還有，讀書以外，還應該了解憲法。

「不過，有位學長發牢騷說，很多問題他們想更深入地探討、研究，可是沒時間，因為所有時間都被念書和考試給占光了！」克仁說。

明朗跟秋子四隻眼睛對著看，因為他們想起那次到郊外調查「櫻花崗的過去、現在、未來」時，美枝提議大家來推測更多未來的發展。他們兩人也很想參加，但是為了趕去補習班上課，就沒時間想那個有趣的問題了。

秋子突然下定決心，她要查一查，小孩子到底有沒有向政府請願的權利。

武男說：「克仁，謝謝你，你幫助我們想通了很多問題。」

「你們想做什麼嗎？」

「首先，要把成績單的問題發表在校刊上。」

「喝！還好意思說呢，一張嘴天天說要寫，到現在還沒有交出半張稿子。」

「對不起，今天一定寫。先寫『站在未來的立場來看現代的我們』這一篇，裡面順便提出『成績單』的問題。我們的校刊也可以送到其他學校，我很想知道別的學校學生對『成績單評分法』有什麼意見。」

「校長那兒我們也應該去一下，我正準備去見電信局長呢。」三郎出人意料地說，「全國電信局員工工會組織了家屬聯盟會，我就是代表家屬裡的小孩子要去見局長的。」

「這麼說，好像大和電機廠的作業員們也正在組織什麼家屬聯盟，不知道有沒有讓小孩子加入？」秋子告訴大家從她哥哥那兒聽來的消息。

「哎呀，我這個糊塗蟲，」武男突然拍著腦門子叫起來，「人家會想到利用小孩子，為什麼我們沒想到利用大人呢？光靠我們小孩子的力量，什麼事都辦不成的。」

「對，好主意，」克仁拍手大聲贊成，「我們去找三宮老師，一定能幫我們的忙！」

9. 勞工工會

人類對事物的看法和想法往往是一致的。當有人想著某一件事情，同時間裡在另一個地方，常常也有人想著同樣的事情。

武男他們正想著「讀書」和「憲法」兩件事的那一天晚上，宏仁去拜訪秀明，他們也正好同樣想著這兩件事。

那天晚上，宏仁在街上漫無目的的走著，走到了秀明住的公寓。宏仁忽然想找他談談天，於是上前叩他房間的門。沒有人應聲，可是從窗外看，室內的燈光亮著，應該在家才對呀。隔著緊閉的房門，還能聽見室內響著電視或收音機的聲音呢。

宏仁又一次更重地敲門，裡面仍然沒有動靜。他正感疑惑，走廊上走來一位青年，笑著問他說：「是來找他玩的嗎？請看上面。」

宏仁循著他的手指往上看，這才發現門板上掛著一張「現在讀書中」的紙牌。

這位青年也是大和電機廠的作業員，這棟公寓樓房住的大半是該廠的員工。那青年說：「秀明是個怪人，才會掛出這樣的牌子。不過他拒絕訪客是有道理的，不這樣，我們隨時進去找他談天，他就沒辦法念書了。」青年抬起手腕看看手錶，說：「你稍微等一下，他快出來了。」

青年走開後差不多過了五分鐘，房門果然開了。從半開的門縫裡秀明很不好意思地說：「嗨，原來是你，真是對不起，為什麼不報個名呢？要知道是你，我馬上會開門的。」

宏仁走進去，第一句話就問他：「你在念什麼書啊？」

秀明的房間裡有一張新的書桌，書桌上一落書和一本攤開的筆記簿，還有手提收音機。

「我在收聽空中俄語教學。」秀明仰躺在榻榻米上，點燃一支香菸，往天花板吐起煙圈兒來。

「俄語？學這麼難的東西？」宏仁很感意外，他想不通秀明為什麼想學俄語。

「學俄語有什麼用嗎？」宏仁問。

「有啊，不學俄語，就不懂很多科學和物理的知識。俄羅斯是最早送人造衛星上太空的國家喔。」

「哦，原來如此！」宏仁好像懂又好像不懂，他想，秀明在大和電機廠的工作是倉庫管理員。一個看倉庫的工人學俄語、讀科學的書有什麼用呢？

秀明看著宏仁疑惑的眼神，繼續說：「也許你以為我只是好奇。就像喜歡登山的人去爬山一樣，人類對於不是立即需要的東西也會想去做做看。讀書在某種程度上，也是間接又曲折的。秋子的哥哥俊生也正認真念著書，他看的是有關公司組織和勞工福利方面的書，因為他被選為工會的委員。」

「為什麼當了工會委員就要……」宏仁本來想問秀明，為什麼當了委員就得讀書？話說到一半，他突然明白過來，自言自語說：「啊！我知道，要代表會員跟廠方交涉問題，必須了解這方面的問題，對不對？」

「是啊，一般來說，勞方比資方學識淺，人家資方的人大部分是大學畢業的，我們勞方差不多都是初中或高中畢業。為了交涉問題時不吃虧，我們得充實學識啊。雖然俊生要憑知識和公司交涉獲得成果，還要相當長的一段時間，但不能不學習基礎知識，否則就無法前進了。」

宏仁搔搔頭想：我滿心以為馬上就能用得上的珠算才是最有用的，可是聽他這麼一說，我的想法是不對咯？可是要自己苦拚苦讀，讀到不輸給大學畢業的人的程度，談何容易，想起來就心情沉重。

「唉，」宏仁忍不住嘆一口長氣說，「窮人真可憐。」

秀明嚴肅地回答說：「為什麼有富人和窮人之分？我們應該思考這個問題，想想如何讓窮人減少的方法啊。」

這時候，走廊上響起了一群人的腳步聲。接著秀明的房門也響起了敲門聲。秀明還沒來及得應聲，房門已經被推開了。俊生帶著五六個男女青年走進來，激動地說：「交涉失敗！工作獎金沒辦法給我們兩個月份以上，公司的合理化政策也不改變！」

宏仁聽著他們七嘴八舌的議論，大致了解了下面的事情：

所謂工作獎金就是一般人指的紅利或額外津貼。他們要求廠方發給他們二點五個月的薪水額，但廠方堅持只能給一點八個月，雙方幾度交涉後終於協議不超過兩個月份。

一個青年很不服氣地說：「去年也發了兩個月份獎金，可是比起去年，物價漲了那麼多，我們領的獎金還了借款，只能剩下一個月份啊！」

「還有，」一個小姐說，「那個叫什麼合理化的，想用音樂麻醉我們，把我們當成什麼嘛。」

原來大和電機廠有一項提高員工作效率的方法，每天上午和下午各兩次，在作業員們開始感到疲倦的時候播放音樂，這樣他們就沒辦法互相談話了。那位小姐繼續說：「我聽說，放音樂給乳牛聽，乳牛會分泌出更多的乳汁。老闆把我們當成乳牛了！」

「可是，」宏仁奇怪地問大家，「工作的時間認真工作不是應該的嗎？」

「如果工作得認真，做的事能得到相對的報酬，那麼我們當然心甘情願，沒話說。問題是我們工作比以前多很多，獎金反而少了。」俊生很氣憤地說。

「你不知道，」另一個人說，「用音樂刺激我們拚命工作，下班回去以後會加倍的疲倦，那滋味兒可真難受呢！」

「最可惡的是我們上洗手間也被人記下次數，太侮辱人了。」

原來大和電機廠管理作業員十分嚴格，每次要離開自己的工作崗位都要向領班報告，領班還拿登記簿給記下來。如果發現上洗手間的次數太多，就懷疑他們工作不認真，給他們難看的臉色。

「怪誰？只怪我們自己。那次強制給我們調工作，我們不敢抗議，老闆就吃定我們了。」秀明很生氣。

「這次我們再也不那麼傻了。」剛剛告訴宏仁說秀明在念書的那位青年很強硬地說。宏仁這才發現整棟公寓裡的大和電機廠的人都擠到秀明的房門口來了。

宏仁知道他們可能要開會，忙告辭說：「秀明哥，你們要開會是不是？我先回去了。」

「啊，對不起，有空再來玩。告訴你，假如我們能領到二點五個月獎金，我就請你吃牛排；如果只領到兩個月份，那就只能請你吃一顆牛奶糖啦。」

走到外面，宏仁抬頭望了望夜空。漆黑的天幕有一道閃閃發著亮光的銀河，他看著看著，好像小星星一顆又一顆不斷地增加。自從秋子的哥哥告訴他「珠算不用學了」那一天開始，一直淤積在他心裡的一肚子悶氣，好像被什麼給吹走了。

宏仁終於明白學珠算也得不到好工作，但是他多認識了一件事，那就是「勞工工會」的存在。雖然他早聽說三郎的爸爸是工會會員，但是他剛剛看到那一群人為爭取更多的獎金而努力，他豁然明白了工會的可貴。

於是，他對著夜空發誓——我要努力讀書！

宏仁告訴自己：讀書不僅是讀學校的書，也要認真研究公司和社會的組織構造。太多太多要學的東西了！

宏仁衝動地想找人說出他的感觸，兩腿很自然地朝著武男家的方向跑去。

10. 未來人的報告

武男寫的第一篇稿子題目叫〈未來人覺得好奇怪〉。

我們五個人走進時光機，目的地是五百年前的日本。不過，我們是五百年以後的「未來人」，所以我們所說的五百年前的目的地，就是各位讀者現在所住的日本。

我們按下時光機的電鈕。時光機不聲不響，很快地飛到我們的目的地停住了。我們跳出來，第一眼看到的是被櫻花樹包圍的小學運動場。

一陣風吹過來，捲起了一股黃色的飛沙。

「呀，怎麼搞的？我的眼睛都睜不開了：五百年前的運動場是這個樣子的？」美枝小姐驚奇地叫起來。

我們穿的是隱身衣，所以學校裡的學生都看不見我們。我們搖搖擺擺走進教室，教室裡那位老師正發著給家長的信。我們取過一張，走到外面一看，信上這樣寫著：

櫻花小學沒有游泳池，我們想造一個，所以要請家長幫忙，希望每個學生能捐款兩百圓。

「好奇怪，這個時代的憲法是怎麼定的？」秋子小姐從口袋裡掏出一本書，很快地翻出一頁，大聲念起來：「日本國憲法第二十六條：『依照法律規定，所有國民都有權利按照個人的能力，接受機會平等的教育。同時，依照法律規定，所有的國民，都有義務讓子女接受普通教育。義務教育全部免費。』」

「憲法上寫得清清楚楚，義務教育是免費的，為什麼要叫家長捐款？是不是不太合理？」秋子小姐偏著頭問大家。

*

「欸，雖然內容深了一些，但是挺有意思的，」克仁看完武男的第一篇稿子，很滿意地說，「我們可以多印一些。」

「三郎，等印好了，你要負責分發喲。」

「沒問題，只要有很多小學生去參加。」

原來三郎要在下星期四和工會的代表們一起去見電信總局局長，出發前要開大會，如果有很多小孩子來參加，武男就要請三郎把他們的校刊分發給那些別的學校的小學生們。

星期四那天傍晚，武男在家裡接到一通小孩子打來的電話：「喂喂，我是菊花小學六年級的久田勝一，剛剛看到你寫的〈未來人覺得好奇怪〉那篇文章，太有意思了。所以打電話問三郎你家的電話號碼，我要告訴你，我可以幫你介紹更多的讀者。」

「謝謝，謝謝！」

「你得繼續寫連載喲。」

「好，好，不過我恐怕得多找幾位參謀。因為關於憲法我懂的不多，要找功課很好的同學才看得懂。」

「你們什麼時候要開編輯會議？能不能讓我參加？」

「歡迎歡迎，明天下午四點，請一定來。」

第二天，櫻花小學教員辦公室裡的老師們都在談論〈未來人覺得好奇怪〉這一篇文章。一位老師說：「真是糟透了，剛剛有位家長打電話來抗議，說會寫這種文章的孩子太可怕了。市政府撥不出經費給學校造游泳池，家長願意捐款，孩子們不但不感謝，還寫成這樣，好像在責備學校，太不應該了。」

「我也接到電話，那位家長還說小孩子不可能懂得這麼多，一定是某位老師指使他們寫的。」石川老師說著，眼睛瞥了一下三宮老師。

三宮老師說：「你們不要小看孩子，其實六年級學生的思考能力已經相當發達了。這個程度的問題他們已經能充分思考，憲法的條文也有能力理解了。只是我們一向不注意去啟發他們，也不給他們機會發揮。所以看到幾個比較會思考的孩子，家長和老師就大驚小怪起來，這不是很可笑的嗎？」

「可是，要刊登在校刊以前也應該請老師檢閱呀，這一次寫的是連載的第一回，第二回不知要寫出什麼東西呢。」

「那樣才真得是壓迫言論自由。如果有家長抗議，就告訴他們，孩子們說的並沒錯就是了。」

其他的老師也加入討論。

「欸，我看啊，那些孩子遲早會提出考試和家庭作業太多的問題。這樣我們就有藉口，請家長不要再來要求我們給孩子多出些課題了。」一位平時最反對每週考試和出太多作業的老師說。

突然，教職員辦公室牆外響起人群的騷動聲。一位老師探出窗子，驚異地叫起來：「是示威遊行，大和電機廠作業員們的示威遊行。」

一群手舉示威旗幟和看板，頭綁示威布條的男女青年，熱熱鬧鬧地走過校門。他們高喊：

「反對物價上漲！」

「反對合理化政策！」

武男他們從二樓的教室窗子也探出頭。二樓除了剛剛的遊行隊伍以外，還可以看見跟在後面的其他隊伍。

秋子告訴他們說：「我哥哥說工廠老闆根本不把他們的工會看在眼裡，所以大家一氣之下，決定從今天下午一點開始要罷工二十四小時。」

「加油！」宏仁忽然叫起來。秋子和武男也跟著大叫：「加油，加油！」

叫著叫著，武男的腦海裡驀然出現一個幻境——一群小學生手裡舉著「反對成績單！」「反對入學考試！」「反對家庭作業！」的示威旗子和看板，一路走一路吶喊。

櫻花小學的學生走在最前面，菊花小學的學生跟在後頭，遊行的隊伍越走人數越多，全櫻花市、全日本的小學生都加入示威遊行。滿山遍野都是示威旗子，而領頭的旗子，就是文雄設計的骷髏頭海盜旗。

「前進，咱們的海盜旗！」武男忍不住在心裡叫了一聲。

這時候街上第二隊示威遊行隊伍又走過來了，武男向他們揮揮手，秋子和明朗也向他們揮揮手。隔壁班的宏仁和美枝、三郎也揮著手。遊行的人很高興地抬頭向孩子們揮手，還大聲喊：「孩子們，你們也加油呀！」

＊

幾個月後，我又到櫻花崗社區第六棟的四〇八號，去拜訪村山正夫公館。

「嗨，您又來了。」圓臉大眼的村山武男從餐廳裡的那張大桌子邊站起來。

這一次比我上一次來的時候人數更多了。圍坐餐桌的就有五個，後

反對
櫻花小學
NO!

面一間房間裡還有六個人。

「憲法第二十八條，『勞工有團結的權利，及採取團體交涉或其他團體行動的權利。以上權利由法律賦予保障。』」明朗念完了說：「小孩子研究這種東西，有些大人認為不應該。可是憲法上寫得清清楚楚的東西，我們怎麼可以不知道呢？」坐在旁邊的秋子猛點頭。

武男指著裡面的房間告訴我：「他們是讀書會。」

我看見牆壁上掛著骷髏頭的海盜旗，又貼著手寫的、有許多漢字的文章，周圍用紅色的花朵圖樣圈起來。

仔細一看，那篇文章是憲法的條文：

「憲法第九十七條（基本人權的本質）——

本憲法所保障的日本國民的基本人權，是人類多年努力爭取自由的成果。這些權利是經歷過去許多試煉，受現在及將來的所有國民託付，是永遠不可侵犯的的權利。」

「這麼難的文章，你們懂嗎？」我好奇的問。

武男聽了，笑起來說：「我們不是完全懂。不過聽了三宮老師講解，好像懂一些了。『人類多年努力爭取自由的成果』是指人類經過許許多多的年月，學習善待他人而逐漸進步的結果。我們覺得現在的時代，已經和〈花忍者〉的時代不同了喔。」

我這時候才注意到，文章周圍圈的紅花是石蒜花呢。

武男告訴我：「我們打算繼續學習，更多、更多有關基本人權的知識。」

電話鈴響，文雄跑過去接：「喂，我們這兒是『爭取不考試、不出家庭作業公司』。」

「嗄，什麼時候變成『爭取不考試、不出家庭作業公司』啦？」我驚訝地問。

武男挺著胸很得意地說：「是啊，我們還請全市各校的老師代表和家長代表，帶我們去過教育委員會[15]陳情呢。秋子說我們小孩子沒有請願的權利，所以我們不敢直接向市議會請願。幸好教育委員會的人很重視我們的意見，經過詳細的調查後，已經通知各校星期六不給小學生出家庭作業了。」

這時候，克仁帶三個孩子進來。

武男說：「他們是別的學校的學生，來參加我們的編輯工作。聽聽其他學校的意見也很有趣喔。美枝跟三郎不在，就是出去採訪新聞。」

「噢，真了不起，你們都好能幹。太郎呢？現在怎麼樣啊？」

「他呀，還不是老樣子。自個兒埋首讀書，挺用功的，他說有考試比較好呢。其實我們問過老師，自己也想過，憲法上不是寫著：按照個人的能力，接受機會平等的教育嗎？意思是說人各有不同的『能力』，應該依照能力給他發展，光是學校成績不能代表能力。所以，考試根本測不出一個人真正的『能力』，而我們的社會偏偏依賴考試來取捨評價一個人，太不合理了。」

「的確。噢，宏仁呢？現在做什麼？」

「繼續當報童。他說初中畢業後要一邊做事一邊念高中補校。宏仁立志要加強工會的組織和力量，他相信只要有實力，將來必定能領到和大學畢業的人一樣多的薪水。」

「你天天帶這麼多小朋友到家裡來，爸媽不說什麼嗎？」

「他們說總比放我們在外面到處閒蕩好得多，還挺高興呢！現在櫻花市的許多地方，都有像我們這樣的小學生組織喔。」

我望著牆上那面骷髏頭的海盜旗，竟和武男的幻想一樣，也看到全日本的兒童都跟在那面海盜旗後面，從都市到鄉村，一個地方又一個地方地遊行……

---

15 日本的教育委員會相當於我們的教育局，是掌管地方教育行政的機關。

新版後記──為什麼要出新版

古田足日／文　林宜和／譯

新版《代做功課股份有限公司》是由一九六六年二月推出的舊版，修訂一部分而完成。

首先說明新版修訂的部分。舊版引用宇野浩二原作〈報春鳥〉的故事大要，並根據〈報春鳥〉的故事，教書中的兒童們有所感受和思考，這些全部都予削除。新版改用我自己的創作故事，基於這個故事，教書中的兒童們感受和思考。也就是說，與〈報春鳥〉有關的部分，全部都去掉，改用新題材補上。另外，關於「野蠻」這句話也賦予新的看法。

＊

為什麼要這樣做呢？我將一邊反省，一邊說明這件事的來龍去脈。

一九九五年九月五日，我接到一通來自北海道ウタリ協會[16]秋邊得平先生的電話。通話之間，我忽然覺醒。秋邊先生說的話，是指點我迄今從來沒有留意過的地方。通完話之後，我的心中羞愧不已。

一開始，秋邊先生說，舊版《代做功課股份有限公司》當中，我引用的宇野浩二原作〈報春鳥〉是歧視愛努族的作品，問我是否知道。這件事對我而言，可是晴天霹靂。〈報春鳥〉是一九二六年發表的作品，也是大正時代後半至昭和時代，小說家兼童話作家宇野浩二的童話代表作之一。簡單介紹這部作品，是描寫愛努族「活捉大熊撲殺野豬」的部落長，與喜歡吹笛子卻厭惡爬山和獵兔的纖弱兒子。兒子在十歲那年，耐不住嚴格的試煉而死去，轉世變成報春鳥。聽見報春鳥的鳴聲，期待兒子強壯的父親，不禁幽幽的說：「孩子變成這樣是比較好啊……」

16 二〇〇九年改稱北海道愛努協會。

關於〈報春鳥〉的評價，就如一九六二年福田清人在《少年少女日本文學全集第五卷解說》（講談社出版）所述，是「作者祈願美麗與和平的作品」，風評很高。我做夢也沒有想到，這部作品竟涉及歧視愛努族。

但是，秋邊先生的電話，卻動搖了我一貫的看法。從那時候開始，我對〈報春鳥〉的想法逐漸產生轉變。

〈報春鳥〉當中，轉世變成小鳥的兒子說：「我對撲殺熊和野豬，甚至割取敵人頭顱那樣的事，怎麼都做不到。」這句話看似包含方才引用的「祈願和平」，其實是有很大的錯誤。

首先，它的錯誤是，將狩獵和戰爭列為相同範疇的事，否定了狩獵行為。事實上，狩獵和採集、漁獲一樣，是愛努族維持生計的方法之一，不能與戰爭並列。由此可知，宇野浩二對愛努族明顯的認識不足。

其次，〈報春鳥〉將「戰爭」的形象表現為取人首級，與獵人頭相提並論。故事裡的父親期待的「強壯男兒」，是「徒手就能撲殺熊和野豬」及「獵取大量敵人的頭顱」。這種描寫，會產生對愛努族人的偏見。

*

我剛才說，宇野浩二對愛努族認識不足，卻一面寫一面感到胃痛。雖然我已經知道宇野浩二的認識不足，我卻毫不懷疑的接受他的作品。因此，對宇野浩二的批判，就是對我自己的批判。宇野的作品是在一九二六年發表的，《代做功課股份有限公司》則是一九六六年。衡量這兩部作品的時間差異，我不但認識不足，更應該說是無知。

秋邊先生又教導我另一個北海道的自然常識，即「北海道沒有野豬」[17]。這個認識不足和無知，不單是關於沒有野豬的動物學常識，更

17〈報春鳥〉至少有兩種細節不同的版本。我在舊版《代做功課股份有限公司》引用的，是一九六二年發行的講談社版《少年少女日本文學全集第五卷——芥川龍之介・菊池寬・豐島与志雄集》當中收錄的。相同版本，也收錄在一九五三年創元設出版的《世界少年少女文學全集第三十卷—日本篇3》當中。另一種的版本，是單行本《報春鳥》（一九二七年三月，講談社出版）收錄，兩種版本的細節表現相當不同。我在撰寫舊版《代做功課股份有限公司》時，完全不知道有兩種版本存在。

與對愛努族的自然觀的無知重疊。我在重讀〈報春鳥〉之間，對「撲殺熊和野豬」的描寫開始產生疑問。

愛努族相信許多事物都有神靈。自然界充滿神祇，而熊也是降臨人世間的神。對於這樣的熊，殺了牠們求取肉和皮，可以用「撲殺」來表現嗎？當然，實際上人會與熊格鬥。但是，熊死了以後，愛努族人卻對熊更加尊敬虔誠。這種自然觀，在〈報春鳥〉當中是不存在的。

此外，愛努族的部落長並非父傳子的單純世襲制。當部落長的條件並不限「強壯」一項，還包括解決問題的談判手腕等等。

由此看來，〈報春鳥〉是與愛努族的歷史、生活、文化、自然和世界觀，都距離遙遠的作品。這個作品的虛像涉及獵人頭，又否定了狩獵活動。只不過，〈報春鳥〉是一九二六年的創作，當時對愛努族的研究可能還沒有很進步。問題是在我自己身上，沒有批判就無條件接受。

*

這一回受秋邊先生指點，令我驚醒的還有一個名稱即「酋長」。〈報春鳥〉當中的父親，被稱為「愛努族人的酋長」。這個名稱查《日本國語大辭典》（小學館出版），是指「未開化的部族或氏族的首長」。「酋長」這個名稱與「未開化」相連，使用這個名稱的，是視對方為「未開化」的社會這一方。被稱為「酋長」的那一方，自尊心不免受到傷害。既然每一個社會都有個別的文化，使用「酋長」名稱的這一方，也不能斷定什麼就是「未開化」。

我曾經在一九六四年寫過哥倫布的故事。這個故事簡單敘述哥倫布的生平，同時描述哥倫布及接續哥倫布前往新大陸的歐洲人，如何帶給當地的印地安人禍害。哥倫布「發現」新大陸不過是以歐洲為本位的看法，我就是憑這個想法作為故事的基礎。

曾經一度絕版的哥倫布故事，在一九九〇年重新推出時，我將書中所有「酋長」的名稱都改為「首長」，就是憑著剛才述說的想法。但是，當時《代做功課股份有限公司》依然引用〈報春鳥〉，其中兒童們關於報春鳥的對話和感想，也使用「酋長」一詞，我卻完全沒有想起來。這件事讓我覺得既後悔又慚愧。

*

還有一個，這是與宇野浩二無關的個人問題。舊版《代做功課股份有限公司》當中，聽了〈報春鳥〉的故事，有幾個兒童表示「從前的世界很野蠻」。這個「從前是野蠻的」與現代也是「野蠻的世界」看法相連，我並沒有說「愛努族是野蠻的」。但是，讀者有可能接受那樣的想法，卻是無法完全否定。又，承認「從前是野蠻的」，可能因此連帶否定狩獵、採集的生活和文化。

回顧舊版對「野蠻」一詞，並沒有徹底討論。這與舊版當中「過去・現在・未來」一章的時間構造問題也有關聯。因此，我深入舊版的內容，將舊版做了一定程度的拆解，卻也進一步探討了「野蠻」這個名詞。

*

在我受指點的兩個星期前，也就是一九九五年八月二十二日至二十六日間，我在北海道的三個地方演講，內容是我為什麼立志從事兒童文學。其中提到，一九二七年出生的我，是在當時的教育和社會風潮之中，被培育成以忠君愛國為人生最高志向的軍國主義少年。當時我相信，日本發動亞細亞・太平洋戰爭，是為了將亞洲從白人的侵略之手解放的聖戰，對日本高唱「解放」卻又將朝鮮收編為殖民地的矛盾，完全沒有自覺。日本為此強迫朝鮮人將姓名改為日本風，稱做「創氏改名」。當時媒體報導這是一種榮耀，我也照單全收，毫不懷疑這是剝奪朝鮮人自尊心的惡行。當時的我，完全看不見眼前腳下是什麼樣子。

就在演講完二個星期之後，我接到秋邊先生的電話，驚覺日本戰敗後五十年的今天，我還是看不見眼前自己的腳底。我忽略了愛努族的存在這個事實。關於愛努族，我只有表面上的知識和零碎的資訊，真是汗顏。

其後，我與ウタリ協會的成員討論《代做功課股份有限公司》的問題，受小川隆吉先生指點，才知道「創氏改名」原是由愛努族開始的。小川先生指出，日本對愛努族的壓迫，其實是對亞洲其他國家壓迫的原型。江戶時代末期，愛努族人曾被幕府強制押解從事苛酷的肉體勞動，很慚愧我也是這時候才知道的。

*

這篇〈後記〉一開始，我提到〈報春鳥〉是歧視愛努族的作品這件事，對我是晴天霹靂。我對自己缺乏自覺，感到震驚和無比的羞愧。之後，我查證多冊文學辭典、兒童文學辭典及收錄宇野浩二作品的書籍解說，只有更加驚訝。據我考察，這次我受指點的觀點，也就是從愛努族的觀點檢討〈報春鳥〉的文字，無論任何辭典或解說都見不到。

但是，由上述觀點閱讀宇野浩二作品，將會發現該作品呈現迄今所有評論和解說賦予的不同面貌。這也是深入研究宇野浩二不可或缺的必要觀點。

這個缺憾不單是在〈報春鳥〉一篇或宇野浩二研究的問題上，更應該擴大為，包括我在內的兒童文學評論家和研究者們，在看待事物的時候，是不是欠缺從愛努族角度審視的觀點。如何求取這個觀點，是我覺得最迫切的問題。

我認為，這個觀點應該繼續擴大，將它根植於佔我國多數人口的大和民族身心之中。

*

以上，是我推出新版的原委。

最後，對愛努族所有同胞，因我而受到感情和自尊心的傷害，表達最深的歉意。又，對本書迄今的所有讀者，因我傳達了與事實乖違的愛努族形象，在此認錯悔過。

再者，謹向秋邊先生和小川先生致謝。

附記，「扮家家酒的痕跡」當中出現的神社的石燈籠，是參考已故宮本常一著《愛是與孩子一起的》（宮本常一著作集第六卷，未來社出版），及本書新版執筆中去世的藤本浩之輔著《聽聞書寫——明治時代兒童的遊戲與生活》（一九八六年，本邦書籍出版）。此外「什麼是野蠻？什麼是未來？」當中引用法國小說家卡繆（Albert Camus）的話，是原秀彰先生教我的，在此一併致謝。

在此，將單行本《報春鳥》收錄的故事當作A，將創元社版的故事當作B，並列兩種版本的起頭段落。

A版本——

「從前，在某個地方，有一個愛努族的酋長。那時候，日本的內地[18]還有許多愛努人，他們分屬不同的部落，經常上山狩獵，有時候……」故事設定是住在本州的愛努族。

B版本——

「從前，在北海道某個地方，有一個愛努族的酋長。那時候，日本的內地還有許多愛努人，他們分屬不同的部落。」故事設定是在北海道，但是並沒有把「內地」這句話去掉。

（一九九六年九月）

18 「內地」是指「由北海道指稱日本本州」（出自《日本國語大辭典》），但是今日應該已經成為死語。當本州與北海道並列時，我認為沒有依據說另一方是「內地」。

YTorch 16

代做功課股份有限公司

宿題ひきうけ株式会社

作者　古田足日
譯者　嶺月
修訂　林宜和
插畫　徐世賢（Nic Hsu）
責任編輯　莊琬華
發行人　蔡澤松
出版　天培文化有限公司
台北市105八德路3段12巷57弄40號
電話／02-25776564・傳真／02-25789205
郵政劃撥／19382439
九歌文學網　www.chiuko.com.tw
印刷　晨捷印製股份有限公司
法律顧問　龍躍天律師・蕭雄淋律師・董安丹律師
發行　九歌出版社有限公司
台北市105八德路3段12巷57弄40號
電話／02-25776564・傳真／02-25789205
初版　2017年7月（本書曾於 1998年6月由健行文化印行）
初版 5 印　2023年5月
定價　320元

書號　0302016
ISBN　978-986-6385-93-3
（缺頁、破損或裝訂錯誤，請寄回本公司更換）

國家圖書館出版品預行編目資料

代做功課股份有限公司 / 古田足日著 ; 嶺月譯. 林宜和修訂-- 初版. -- 臺北市 : 天培文化出版 : 九歌發行d2017.07
面； 公分. -- (Y!Torch ; 16)
譯自 : 宿題ひきうけ株式会社
ISBN 978-986-6385-93-3(平裝)

861.59 106006585